@ GENERATION FUTURE @ GENERATION FUTURE @

Andreas Schreiner

1965 in Steyr/Österreich geboren. Konstrukteur. Verheiratet, zwei Söhne. Das Schreiben ist für ihn »die aufregendste und intensivste Flucht aus der Alltagswelt«. Seit 1986 schreibt er Gedichte, Kurzgeschichten, Fantasy-Romane. »Generation Future« ist seine erste Publikation. »Es soll eine Anregung zum Träumen sein. Mein Ziel war es, Spiele-Levels zu schaffen – eine fiktive Welt, die junge Leser in ihrer Phantasie bereisen und weiter ausbauen können.«

In der Reihe »Generation Future« liegen außerdem vor:
»Aufstand der Geister« und »Mystery-Park in Gefahr«.

Andreas Schreiner

@ GENERATION FUTURE @ GENERATION FUTURE @

Abenteuer im Mystery-Park

ENSSLIN

Coverzeichnung und Innenillustration:
Regina Vetter

Umschlaggestaltung:
Atelier Seidel

Foto:
Zefa, Düsseldorf

2. Auflage

Coverreproduktion: Repromayer, Reutlingen.
Gesamtherstellung: Milanostampa.
Printed in Italy.

ISBN 3-401-40062-2

INHALT

Mystery-Park

Das Freizeitparadies im wilden Au-Dschungel bietet vieles: Freiheit, Abenteuer, Herausforderung und Spannung.
Dreihundert Quadratkilometer umfasst das gesperrte Gebiet, zu dem nur Personen unter sechzehn Jahren Zutritt haben. Doch nur die computerbegeisterten »Freaks«, die jugendlichen Ordnungshüter des Parks, wissen, dass sich hinter Mystery viel mehr verbirgt. Geheime U-Bahn-Netze, eine grandiose Hightech-Ausrüstung und das modernste Computer-Netzwerk der Welt stehen den Eingeweihten zur freien Verfügung.
Super-User Harald »der Schreckliche« und seine Freaks sind die besten Computerhacker weit und breit. Doch die dreizehnjährige, gehörlose Sonja übertrifft sie noch. Als unbekannter Superhacker, genannt »der Maulwurf«, liefert sie den Freaks eine atemberaubende Agenten- und Rätseljagd über Wasser und weglose Dschungel, durch Tunnelröhren und Geheimtüren, durch Computerdateien und streng geheime Schaltzentralen.
Ohne es zu wissen erfüllen alle dabei den Plan, den die Erbauer des Parks verfolgen. Indem sie ihre Phantasie ausspielen, sollen sie zur »Generation Future« heranreifen, zu den Künstlern und Erfindern des einundzwanzigsten Jahrhunderts.

Mystery-World

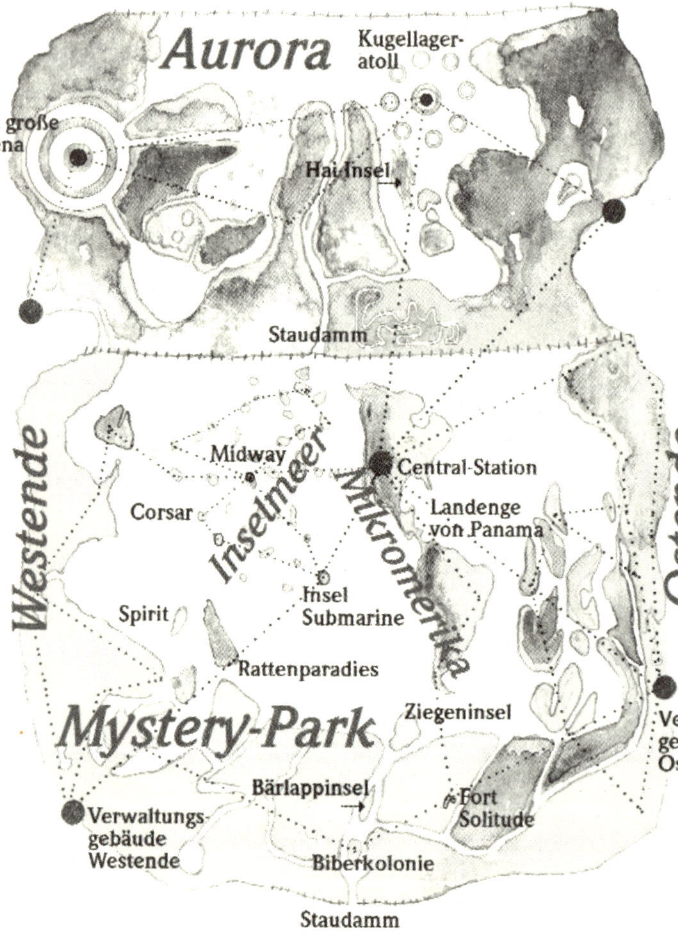

.... = *die wichtigsten Verbindungen des U-Bahn-Netzes*

Die Abenteuerwelt von übermorgen

Keuchend, bis zu den Hüften im Wasser watend, schob Sonja das Kanu durch die Schlingpflanzen. Sie starrte auf den Bildschirm ihres Bordcomputers, auf dem sich ein rot blinkender Punkt langsam, aber unaufhaltsam seinem Ziel näherte. Die Computerkarten von Mystery-Park hatte sie aus Haralds Privatdateien geklaut.

»Nein«, dachte Sonja, »geklaut ist ein hässliches Wort. Ausgeliehen passt besser. Ich habe mir die Karten ausgeliehen.«

Harald, genannt »der Schreckliche«, war einer der wenigen Jungs, die Sonja gern zum Freund gehabt hätte. Ein Computerhacker allerererster Güte! Bestimmt saßen er und seine Freunde jetzt irgendwo vor den Bildschirmen und brüteten über dem Datenklau. Sonja machte sich keine Sorgen darüber. Sie hatte alle Spuren gut verwischt.

Sie atmete auf, als sich das Boot endlich aus den Pflanzen löste. Sie befand sich mitten in der wilden Au. Weit und breit gab es hier keine Menschenseele außer ihr. Die Umgebung glich einem Dschungel. Dicke Lianen baumelten von den Ästen. Vielerlei Tierarten bevölkerten Wasser und Ufer. Die Luft schwirrte und funkelte unter den Flügelschlägen der Prachtlibellen.

Vor Sonja kräuselte sich das Wasser. Eine fette Ringelnatter schlängelte auf sie zu. Mit einem blitzschnellen Griff fasste das Mädchen nach dem Kopf der Schlange und warf das Tier von sich fort auf die nahe Uferböschung.

»Uääh!« Sonja schüttelte sich vor Ekel. Welches Gewürm mochte sich noch hier im Wasser verstecken? Aber ein Mitglied der Generation Future durfte sich nicht von solchen Kreaturen abschrecken lassen. Sie war hier, um unentdecktes Land zu erforschen.

Der rote Punkt auf dem Bildschirm wechselte plötzlich die Farbe und wurde giftgrün. »TARGET REACHED«, stand darunter zu lesen, »ZIEL ERREICHT«.

Endlich! Ein Lächeln huschte über Sonjas dreckverschmiertes Gesicht. Die enge Wasserstraße lag hinter ihr. Das Kanu trieb auf einem glasklaren Teich. Hier lag das Ziel der Expedition: Fort Solitude, die einsame Festung, genau wie in den geheimen Computerkarten eingezeichnet.

Nun ja, in Wahrheit war es natürlich kein Fort wie aus den Wildwestfilmen, sondern eine Blockhütte auf einer Insel im Seerosenteich. Nur der hohe Zaun aus dicken Baumstämmen und die vier kleinen Holztürme erinnerten an eine Festung. Schon als Sonja ihr Boot am Ufer festmachte, war ihr klar, dass Solitude völlig verlassen war. Jeder, der die Insel zufällig entdeckte, durfte sie in Besitz nehmen. Denn so lautete eine Grundregel in Mystery-Park: Alles, was man hier als Erster fand, durfte man benutzen, als gehöre es einem.*

Sonja allerdings wollte die Festung nicht besitzen; ihr kam es darauf an, ein Geheimnis zu lüften.

Sie holte ihren Laptop aus dem Kanu und hackte auf den Tasten herum. Es dauerte nicht lange, bis sie fündig wurde. Die Rückwand der Blockhütte war mit merkwürdigen Schnitzereien verziert, die an Schriftsymbole erinnerten. Die gleichen Zeichen erschienen nun auf Sonjas Bildschirm. Zwei der Symbole blinkten rot.

Sonja nickte zufrieden, ging zur Hütte und legte die Hand-

* Siehe Anhang 1: Regel 2 der Gesetze von Mystery-Park

flächen auf diese zwei Schriftzeichen. Eine bisher unsichtbare Geheimtür öffnete sich. Dahinter führte eine Treppe steil nach unten. Sonja war weder überrascht noch aufgeregt. Völlig ruhig, ohne Eile klappte sie ihren Laptop zu und trat ein. Lichter flammten auf. Automatisch und lautlos schloss sich die Tür hinter ihr.
Sonja empfand die geheimnisvollen Ebenen von Mystery längst nicht mehr als Sensation. Für einen Hacker ihres Kalibers öffneten sich hier überall versteckte Türen. So war es auch von den Erbauern des Parks geplant.
Mystery, der modernste Freizeitpark der Welt, barg unzählige Rätsel. Manche kleine Überraschung befand sich an der Oberfläche; die wirklich interessanten Dinge aber lagen tief vergraben, vor den Augen verborgen.
Mystery war ein Land der Jugend. »Eintritt für Erwachsene verboten!« Dieses Gesetz stand felsenfest. Genauer gesagt: Ab dem sechzehnten Geburtstag durfte man nicht mehr in diesen Park.
Sonja verschwendete noch keinen Gedanken an ihren sechzehnten Geburtstag. Sie war erst dreizehn und hatte bis dahin eine Menge vor, denn der wilde Au-Dschungel von Mystery war so riesig, dass man seine Geheimnisse niemals innerhalb eines Jahres, geschweige denn in einem Feriensommer erforschen konnte.
Sonja stieg die Treppe hinab und erreichte bald eine U-Bahn-Haltestelle. Die U-Bahn durchzog den Park wie ein unterirdisches Spinnennetz und gehörte zu jenen Geheimnissen, die am besten gehütet wurden. Erstaunlich wenig Mädchen und Jungs unter den hunderten von Jugendlichen wussten darüber Bescheid. Diese wenigen, knapp vierzig an der Zahl, nannten sich »die Freaks«.

Sonja entdeckte das Computerterminal der Bahnstation. Ihre flinken Finger tippten Befehle ein. Der nächste Zug setzte sich in Bewegung, um sie abzuholen. Kein Zugführer steuerte die Wagen. Alles funktionierte hier vollautomatisch. Sogar die Reparaturen wurden von ferngesteuerten Robotern erledigt.
Hinter einer Säule verborgen beobachtete das Mädchen die näher kommenden Lichter. Hier unten musste sie stets auf der Hut sein, schließlich wurde sie von Phantomen gejagt! »Phantom« oder »Parkpolizei«, so nannte sich eine Gruppe der Freaks. Diese Mädchen und Jungen griffen überall dort ein, wo die Regeln gebrochen wurden.* Seitdem die Freaks entdeckt hatten, dass außer ihnen noch jemand die U-Bahn benutzte, durchstreiften immer mehr Phantome die geheimen Tunnel, auf der Suche nach dem Schwarzfahrer. Seitdem erschien im Computernetz folgende Botschaft:
»`An den unbekannten Hacker:`
`Wir, die Freaks von Mystery-Park, wollen dich kennen lernen. Wir brauchen kluge Köpfe wie dich! Bitte melde dich im Verwaltungsgebäude Ost.`
`Unterschrift: Harald der Schreckliche,`
`FSU (First-Super-User) von Mystery-Park.`«
Sonja fühlte sich geschmeichelt. Die Freaks, ganz besonders die Super-User, die Hackerkönige von Mystery, wurden von allen bewundert. Die meisten wären irre stolz, wenn ihnen die Freaks ein derartiges Angebot machten. Sonja aber zögerte. Klar, sie konnte Harald und seine Freunde gut leiden. Jeder hier mochte sie. Die Freaks sorgten dafür, dass der Park nicht in Streit und Chaos versank. Sie waren es, die verbindliche Regeln festlegten. Die meisten Parkbesucher fanden das okay. Aber Sonja wusste auch: Die Freaks hatten

* Siehe Anhang 1: Die Gesetze von Mystery-Park

außerdem eine Menge Arbeit am Hals. Sie achteten darauf, dass die Jüngeren nicht von den Älteren unterdrückt wurden. Sie wurden in Notfällen gerufen, bei Verletzungen, wenn sich jemand verirrte. Ständig mussten sie Streitereien zwischen den Jugendbanden schlichten. Sie achteten darauf, dass der Park nicht verschmutzt wurde. Nein, das erschien Sonja doch zu mühsam. Lieber spielte sie weiter ihr Katz-und-Maus-Spiel mit den Phantomen. Ehrlich gesagt, diese Jagd machte ihr sogar enormen Spaß.
Der Zug stoppte an der Haltestelle. Mit Hilfe des Computers checkte Sonja alle Waggons nach versteckten Fallen. Als sie schließlich fand, was sie suchte, grinste sie schadenfroh. Wie erwartet, setzten die Phantome die Sicherheitskameras der U-Bahn ein.

»Jetzt bin ich aber enttäuscht«, tippte sie eine Nachricht in das Gerät. »Einfach die Kameras laufen lassen? Ts, das muss der älteste Trick der Welt sein! Trotzdem bedanke ich mich bei der geschätzten Parkpolizei für die Aufmerksamkeit. Ich wünsche euch einen netten Tag und beim nächsten Mal mehr Glück!«

Danach schaltete sie mit einem einzigen Tastendruck die Kameras ab. Gespannt wartete sie auf Antwort, denn sie wusste genau, wer ihre Botschaft als Erster lesen würde.

Kevin, Spitzname »Schweindl«, war der Chef von Phantom. Sonja freute sich diebisch, als sie sich sein wütendes Gesicht vorstellte.

Prompt erschienen auf ihrem Bildschirm die Zeilen:

»Schweindl an den Daten-Maulwurf:

Du wirst langsam lästig. *Ich* empfinde dich als lästig! Und das ist schlecht, sehr schlecht! Also sperr die Augen auf und lies dir meine letzte Warnung gut durch: Würdest du bitte deine Finger vom Hauptsystem fern halten? Wir Freaks müssen für Ordnung und Frieden sorgen. Ordnung! Weißt du, was das im Klartext bedeutet? Es heißt: Wir machen hier, für euch alle, freiwillig die Dreckarbeit! Dafür erwarten wir, dass uns nicht jeder Möchtegernhacker im Netzwerk herumpfuscht.

Also, lieber Datenmaulwurf, falls du es noch immer nicht geschnallt hast: Wir bieten unsere Freundschaft an. Komm zu uns Freaks und du darfst mit den Tasten spielen. Wenn du dich aber weiterhin nicht an die Regeln hältst - dann kriege ich dich doch, du mickriges Computervirus. Verlass dich darauf!«

Sonja verzichtete auf eine Antwort. Schweindls Frechheit durfte trotzdem nicht ungestraft bleiben. Kurz entschlossen änderte sie ein paar Programmzeilen im Hauptsystem. Damit löschte sie alle ihr bekannten Passwörter außer ihren eigenen. Kurz gesagt: Sämtliche Züge verweigerten den Freaks von nun an den Gehorsam.
Sonjas Schadenfreude währte jedoch nur kurz. Der mächtige Befehl eines anderen Hackers machte die Programmänderung wieder zunichte. Sonja zuckte zusammen, als sie den Namen ihres Gegenspielers feststellte: Erik, genannt »der Rote«, Haralds Bruder und SSU (Second-Super-User) von Mystery-Park. Er war der Schwarm aller Mädchen und wohnte daheim nur ein paar Häuserblocks von ihr entfernt. Ein toller Typ! Leider interessierte er sich nicht im Entferntesten für sie, die Außenseiterin. Nun ja, wenigstens in diesem Hackerduell musste er sich mit ihr befassen.
Nachdenklich setzte sich Sonja in einen Waggon und ließ sich bis zur nächsten Haltestelle bringen. Je mehr sie nachdachte, desto mürrischer wurde sie. Als Freund wollte sie Erik haben, nicht als Gegner. So ein Mist! Der Tag fing nicht gerade gut an. Aber es sollte noch schlimmer kommen.

Die hängenden Gärten von Ostende

Die Kids der Weidenpark-Schule hatten das große Los gezogen, denn gleich hinter der Schule befand sich der Eingang Ostende, das bedeutendste Tor von Mystery-Park.

Es war genau sieben Jahre her, da startete Gigaplex-America, der größte und erfolgreichste Computerkonzern der Welt, einen Wettbewerb. Die Firma hatte in über dreißig Ländern ihre Vertretungen. Und überall wurden Teilnehmer für den Wettbewerb ausgesucht. Jugendliche in Amerika, Europa, Afrika und Asien sollten für Gigaplex einen Aufsatz schreiben. Thema: »Wenn du dir ein eigenes Paradies wünschen könntest, wie würde es aussehen?«

Ausgerechnet die Weidenpark-Schule in Deutschland gewann den ersten Preis. So wurde der größte, modernste und teuerste Ferienpark, den die Welt je gesehen hatte, hier gebaut. Alle Kids, die in der Umgebung der Weidenpark-Schule wohnten und unter sechzehn Jahren waren, konnten das Paradies am Fluss besuchen, wann immer sie Zeit und Lust hatten, nicht nur in den großen Ferien.

Sonja ging nicht zur Weidenpark-Schule, obwohl sie keine zwei Kilometer davon entfernt wohnte. Sie war ein außergewöhnliches Mädchen. Wenige Tage nach ihrer Geburt stellten die Ärzte fest, dass sie gehörlos war. »Taubstumm«, nannten es die anderen. Sonja hasste das Wort. Sie war nicht stumm. Wenn sie sich bemühte, konnte sie verständlich sprechen. Sie lernte es in einer Spezialschule für Gehörlose, die sich nicht weit von dem Park entfernt befand. Ihre Eltern waren extra deswegen in diese Stadt gezogen.

Leider klang alles, was Sonja sagte, ganz ungewöhnlich in Klang und Rhythmus, fast so, als spräche ein Roboter. Außer-

halb des Unterrichts weigerte sie sich zu sprechen, weil sie sich schämte. Sie verbrachte ihre Tage meist allein, hinter ihrem Heimcomputer.
Die Eröffnung des Mystery-Parks war für Sonja die Gelegenheit, ihrer Einsamkeit zu entkommen. Sie wählte Ostende, das Land gleich hinter dem Parktor, als ihr Hauptquartier. Hier konnte man am ehesten Freunde finden, denn hier bauten die meisten Mädchen und Jungs ihre Hütten.
Sonjas Hauptquartier war eine Weidenhütte. Dieses korbartige Häuschen flocht sie aus lebendigen Sträuchern. In Mystery-Park gab es hunderte davon. Sie glichen kleinen, schattigen Höhlen aus silbergrünen Blättern.* Dort, in ihrer Höhle, lag sie nun und dachte nach. Sie hatte es sich gerade gemütlich gemacht, als sie unsanft gestört wurde.
»He, Stockfisch, hallo!«
Ein dürrer Zweig traf Sonjas Schulter.
»Ja, dich meine ich, du taube Nuss!«
Sonja konnte die Worte von den Lippen ablesen. Stockfisch? Klar, es war üblich, dass jedem Parkbesucher ein Spitzname verliehen wurde. Aber über diesen konnte Sonja nicht lachen. Sie fühlte sich gekränkt und presste ihre Lippen aufeinander.
Die ungebetene Besucherin, die zwei Mädchen in ihrem Schlepptau führte, hieß Jasmin, Spitzname »Barbie«. Seit kurzem nannte sie sich selbst »Bürgermeisterin von Weidenstadt-Ostende«.
»Stockfisch«, sagte Barbie, »wir müssen mit dir reden.«
Sonja zog fragend die Augenbrauen hoch.
»Jaja, ich weiß, du kannst nicht sprechen. Das tut mir auch Leid. Jeder in Ostende nimmt darauf Rücksicht. Es bedeutet aber nicht, dass du Narrenfreiheit hast.«

* Siehe Anhang 2: Bastelanleitung für den Bau einer Weidenhütte

Sonja zerrte ihre Computer-Schreibtafel hervor und ließ ihre Finger über die Tastatur huschen.
Barbie murmelte ungeduldig vor sich hin, lachte dann aber verlegen, als sie las:
»Nur Narren brauchen Narrenfreiheit.«
»So war es nicht gemeint. Wir wollen friedlich mit dir reden, das ist alles.«
»Du hast mich eine taube Nuss genannt«, schrieb Sonja.
»Ist mir nur so rausgerutscht«, beteuerte Barbie. »Ein blöder Spruch. Es war scherzhaft gemeint.«
Sonja glaubte ihr kein Wort. Trotzig sah sie zu dem Mädchen hoch, das sie beinahe um einen Kopf überragte.
»Was meinst du mit Narrenfreiheit? Ich habe gegen keine Regel verstoßen und niemandem etwas zuleide getan.«
»Das stimmt nicht ganz. Du verstößt andauernd gegen die Regeln, wahrscheinlich nicht einmal absichtlich. Hier in Weidenstadt-Ostende gelten nicht nur die Parkgesetze der Freaks.«
»So? Das höre ich zum ersten Mal.«
»Aber es ist so. Eine Regel lautet: In Ostende soll alles nett und gepflegt aussehen. Sieh dich um! Hier gibt es saubere Kieswege, Blumenbeete und wunderschön geflochtene Weidenhütten wie nirgendwo sonst in Mystery.«
»Na und? Habe ich irgendwo auf den Teppich gepinkelt?«
Jasmins Freundinnen grinsten, doch Barbie ging nicht auf den Scherz ein. Sie atmete ein paarmal tief durch. Dann erwiderte sie: »Ich sage es wirklich nicht gerne. Glaub mir, ich habe nichts gegen dich. Aber deine Weidenhütte …«

»Wieso? Was stimmt denn nicht damit?«
»Na schön, wenn du nicht selbst darauf kommst: Das ist kein Weidenhaus, sondern ein verwilderter, hässlicher Strauch und außerdem ein Müllhaufen.«
Sonja taumelte. Sie krallte sich einen Moment an ihrem Computer fest, bevor ihre Finger tippten: »Jetzt reicht es aber, du eingebildete Tussi! Meine Hütte ist kein Müllhaufen. Ich nehme meinen Abfall immer mit nach Hause. Was ist hier verwildert oder hässlich? Vielleicht ein paar abgebrochene Zweige? Verwelkte Blätter auf dem Boden? Falls du es noch nicht gemerkt hast: Mystery ist ein Park und keine Puppenstube!«
»Nun hab dich nicht so! Du bist ohnehin selten hier. Wir wissen alle, dass du dich am liebsten in der wilden Au herumtreibst. Okay, okay! Jeder darf in Mystery herumstreifen, wo er will. Aber eine gute Weidenhütte braucht Pflege; man muss sie fast täglich schneiden, flechten und gießen. Sei ehrlich, langweilt dich diese Arbeit nicht zu Tode?«
»Mir gefällt meine Hütte. Und jetzt verduftet, alle drei!«
Jasmin starrte Sonja verblüfft an. Ihr Gesicht verzog sich vor Zorn, doch sie beherrschte sich. »Ich will nicht mit dir streiten. Ich will dir helfen.«
»Tatsächlich?« Sonja schnitt eine Grimasse. »Wollt ihr mir vielleicht beim Putzen helfen?«
»Keine schlechte Idee«, erwiderte Jasmin wütend. »Wäre bitter nötig! Ich habe allerdings einen besseren Vorschlag. Meine zwei Freundinnen sind neu im Park. Sie wollen deine Hütte übernehmen. Ich bin sicher, die beiden werden ein Schmuckstück aus diesem Mülleimer machen.«

Sonjas Augen wurden groß. Sie konnte kaum glauben, was sie von Barbies Lippen las.

»Sag mal, spinnst du? Ich habe dieses Weidenhaus zwei Jahre lang aufgebaut und gepflegt. Habe ich dir jemals etwas getan, dass du es mir jetzt wegnehmen willst?«

Sonja entdeckte so etwas wie Mitleid in Jasmins Augen. Das machte sie nur noch wütender. Sie hatte es satt, von anderen bemitleidet zu werden.

»He, Stockfisch, das darfst du nicht falsch verstehen. Niemand will dir etwas wegnehmen. Wenn du unbedingt bleiben möchtest, dann vergessen wir die Sache. Ich glaube aber nicht, dass du in Ostende glücklich wirst. Du bist eine Forscherin, eine Entdeckerin. Warum versuchst du es nicht auf den einsamen Inseln? Es soll dort wunderschön sein.«

»Ich wäre dort nicht einsamer als hier, zwischen euch blöden Gänsen«, schrieb Sonja. »Und nenn mich nicht Stockfisch. Nie wieder!« Ihre Wangen glühten vor Zorn. Sie hob einen dicken Ast vom Boden auf und schwang ihn drohend über dem Kopf.

»Halt!«, rief Barbie. »Eine Rauferei ohne Streit-Passwort ist gegen die Regeln.«*

Sonja schnaubte verächtlich. Die kleine Hütte war keinen Ärger mit den Freaks wert. Na schön, sollte Barbie ihren Willen haben!

»Okay, ich verschwinde. Aber was tust du, wenn ich die Freaks nach einem Streit-Passwort frage? Würdest du das Passwort bei Phantom bestätigen und den Kampf mit mir aufnehmen?«

»Ich befasse mich nicht mit solchem Kinderkram.«

»Ich wusste, du würdest kneifen.«

* Siehe Anhang 1: Regel 3 der Gesetze von Mystery-Park

Sonja konnte das Gekicher nicht hören, als sie den dreien den Rücken kehrte und ihre wenigen persönlichen Dinge zusammensammelte. Aber sie wusste genau, dass sie ausgelacht wurde; sie konnte es fühlen.
Gleich darauf wurde ihre Weidenhütte von Jasmins Freundinnen besetzt. Traurig und voll Zorn stapfte Sonja davon. Irgendwann wollte sie es der eingebildeten Barbiepuppe heimzahlen. Aber nicht jetzt. Zuerst musste sie ein neues Hauptquartier suchen. Und dann sollte Jasmin erfahren, was es hieß, Sonja, Superhacker, herauszufordern!

Am nächsten Tag, gleich nach der Schule, betrat Sonja das Verwaltungsgebäude Ost des Parks, als wäre nichts geschehen. Sie fiel niemandem auf. Unzählige Parkbesucher gingen hier täglich aus und ein, um mit den hochmodernen, weltweit nicht zu übertreffenden Computeranlagen zu spielen. Das Gigaplex-Computerimperium hatte Mystery für Milliarden Dollars geplant und erbaut. Es wurde spekuliert und gerätselt, warum Gigaplex so ungeheuer viel Geld in einen Ferienpark investierte.
Markus Stiebinger, der mächtige Marketing-Chef von Gigaplex-Germany, erklärte der Presse, dass hier ein enorm wichtiges Geheimprojekt der Zukunft aufgebaut werde. Kosten spielten keine Rolle. Die »Generation Future« – so nannte er die Jugendlichen – müsse mit allen Mitteln gefördert werden. Über das eigentliche Ziel des Projekts schwieg er sich aus.
»Das Experiment wird von Gigaplex ›Das große Spiel‹ genannt«, verriet Stiebinger den Reportern und lächelte dabei geheimnisvoll. »Erst wenn das Spiel lange genug läuft, werde ich mehr verraten. Ich bitte um Geduld.«

Sonja machte sich keine Gedanken darüber, wie hochpreisig die Computer waren, auf denen sie herumhackte. Sie setzte sich an ein Terminal und lockerte voll Vorfreude ihre Finger. Zum Schein bewegte sie sich ganz brav auf den Spiele-Levels. In Wahrheit aber wühlte sie tief in den »Eingeweiden« des Hauptsystems. Wenn sie geahnt hätte, was ihr kleines Spiel auslöste!
Der Hauptcomputer von Mystery funkte ein Signal in den Weltraum. Das Signal wurde von Satelliten aufgefangen und weitergefunkt. In den Vereinigten Staaten von Amerika, in der Zentrale von Gigaplex, schrillten die Alarmglocken. Zwischen Sonja und den Technikern der Firma, die den Superhacker wohl bekämpften, aber nicht unter Kontrolle brachten, begann ein elektronisches Duell.
In Mystery indessen knackte Sonja spielend leicht ein elektronisches Türschloss. Sie fackelte nicht lange und rannte los. Das Hauptquartier der Freaks war ihr Ziel. Vorsichtig spähte sie in das kleine Büro. Niemand war zu sehen.
Sonja hüpfte fast vor Freude. Endlich saß sie an der Quelle, hier schlug das Herz von Mystery. In diesem Raum befand sich das mächtigste Computerterminal des Parks. Es war der Platz von Erik dem Roten, Second-Super-User der Freaks.
Zuerst versperrte Sonja die Tür. Danach durchsuchte sie die geheimsten Datenspeicher von Gigaplex. Ihren Tricks konnte kein Sicherheitsprogramm widerstehen. Plötzlich wurde sie ganz aufgeregt.
»PROJEKT OSTENDE / HÄNGENDE GÄRTEN / HIMMELSSTADT«, war auf dem Bildschirm zu lesen. Dazu der Hinweis: »TOPSECRET! / PROJEKT GESTOPPT / ABSTURZGEFAHR / GEFAHRENSTUFE ZEHN! SYSTEMPASSWORT: KANALRATTE.«

Ausgerechnet jetzt bewegte sich die Türklinke! Auf der Stelle druckte sie alle Informationen über das Geheimprojekt aus. Danach stellte sie das Sperrprogramm der Tür auf zwei Minuten und bereitete ihre Flucht vor.

Draußen vor der Zentrale tobte Erik der Rote vor Wut. »Hol eine Brechstange, eine Axt, einen Rammbock! Hol die Feuerwehr!«, kommandierte er seinen Bruder. Auch mit vereinten Kräften gelang es ihnen nicht, die Tür aufzubrechen.
»Jetzt übertreibst du aber«, protestierte Harald. »Wir informieren Gigaplex-Germany. Ein Techniker soll die Schlösser reparieren.«
»Dann ist es zu spät.« Zornig schlug Erik mit der Faust gegen die Tür. »Ich sage dir, da ist jemand drin. Der verdammte Hacker!«
»Vielleicht klemmt nur das Schloss.«
»Blödsinn! Die Sicherheitskontrolle blinkt rot. Der Computer erkennt meinen Code nicht.«
»Und wenn deine Schlüsselkarte beschädigt ist?«
»Wäre möglich«, knurrte Erik.
Ohne zu fragen zog er seinem Bruder die Magnetkarte aus der Hosentasche und versuchte damit sein Glück. Die Kontrollanzeige blinkte weiter in höhnischem Rot. Mit aller Kraft rüttelte Erik an der Türklinke.
Harald beobachtete ihn kopfschüttelnd. »Reg dich ab, Kleiner. Die Zentrale hat nur eine einzige Tür. Durchs Fenster kann der Hacker nicht abhauen, wir sind immerhin im zweiten Stock. Das heißt …«
Erik sah Harald verblüfft an. »Na klar, du hast Recht. He, du da drinnen, hörst du mich? Du sitzt in der Falle! Mach die Tür auf, sonst kannst du was erleben!«

»Wir tun dir nichts!«, versuchte es Harald auf die sanfte Tour. »Im Gegenteil, wir können deine Hackerkünste sehr gut gebrauchen. Du könntest mit uns zusammenarbeiten.« Die Kontrollanzeige wechselte auf Grün. Harald zwinkerte seinem Bruder zu. »Siehst du, ich sage dir immer, du musst diplomatischer sein. Das ist eben so in der Politik.«
»Di-plo-ma-tisch, Po-li-tik!«, wiederholte Erik. »Wie blöd das schon klingt!« Er griff nach der Türklinke, aber Harald drängte ihn ab.
»Der Ältere zuerst«, erklärte er. »Nur wegen der Diplomatie, verstehst du?« Er öffnete vorsichtig und spähte in die Zentrale. »Mistkerl! Hundsgemeine Ratte!«, schrie er.
»Mit Di-plo-ma-tie bringt man es offenbar auch nicht weit«, spottete Erik.
»Oh Mann!«, schimpfte Harald. »Dabei wussten wir doch längst, dass der System-Maulwurf die U-Bahnen und die Geheimtüren kennt.«
»Das wäre ja noch harmlos! Doch das hier ist der Gipfel! Eine Geheimtür in unserer Hauptzentrale und ich weiß nichts davon. Frechheit!« Verärgert betrachtete er die Rückwand des Zimmers. Dort musste das Schlupfloch versteckt sein, durch das der Maulwurf geflohen war. »Ich glaube fast«, murmelte er düster, »wir haben da ein echtes Problem.«

Das »Problem« saß mittlerweile in der U-Bahn und sauste mit Höchstgeschwindigkeit in Richtung Ostende. Eifrig studierte Sonja die ausgedruckten Geheimpapiere. Das Projekt hängende Gärten, so hieß es darin, wurde vor drei Jahren wegen Gefährlichkeit abgebrochen. Wie hatte sie das bisher übersehen können? Es befand sich doch direkt vor ihrer Nase. Oder besser gesagt: über ihrer Nase!

Kurz vor der Haltestelle Ostende stoppte der Zug. Während die U-Bahn wieder Fahrt aufnahm, kletterte Sonja behände die Grabenmauer hoch. Keine Stufen, nicht einmal eine Leiter hatten die Gigaplex-Techniker hier eingeplant. Nichts, was neugierigen Augen verdächtig vorkommen konnte. Ein Bahntunnel wie hundert andere. Doch Sonja ließ sich nicht beirren. Sie aktivierte das nächste Computerterminal.

»USER-NAMEN EINGEBEN«, wurde sie aufgefordert.

»KENNWORT KANALRATTE«, tippte Sonja. Sie kaute an ihren Fingernägeln. Selten zuvor war sie so aufgeregt. Die Reaktion des Computers übertraf ihre kühnsten Erwartungen.

Sie jubelte innerlich. Mit diesem Superpasswort konnte sie Dinge anstellen, von denen die Freaks nicht einmal zu träumen wagten. Vor ihr klappte die Tunnelwand auf. Manchmal kam es ihr vor, als gäbe es in Mystery-Park mehr Geheimtüren als Bäume.

»POWER ON«, tippte Sonja. Und zum ersten Mal seit Jahren wurde die gesperrte Zone in ein düster-rotes Licht getaucht.

In der Schaltzentrale der Sperrzone drehte Sonja sämtliche Schalter, die sie finden konnte, auf On. In drei Nebenräumen entdeckte sie enge Liftkabinen. Sonja, klein und dünn, hatte noch recht gut Platz darin. Der Lift startete wie eine Rakete. Nur knapp sieben Sekunden dauerte die Fahrt. Dann öffnete sich für Sonja die Tür zur Himmelsstadt. Sie befand sich in Schwindel erregender Höhe, oben in den Baumkronen.

Die acht Eichen von Ostende wuchsen unweit von Sonjas Weidenhütte. Es waren die ältesten und größten Bäume des Parks. Ursprünglich wollte Gigaplex-Germany drei Eichen

fällen, deren innerer Kern bereits faulte. Markus Stiebinger, der Marketing-Chef, klügelte stattdessen einen phantastischen Plan aus. Vorsichtig gruben die Techniker drei Tunnels, direkt unter den Baumwurzeln, und entfernten den kranken Kern. Meter um Meter, in heikler Kleinarbeit wurden die dicken Stämme ausgehöhlt und mit Edelstahlröhren ausgekleidet, die tief im Boden verankert wurden. Das Ergebnis war einmalig. Nirgendwo sonst auf der Welt hatte man jemals Stahltürme im Inneren von Bäumen errichtet.
Doch Stiebinger gab sich damit nicht zufrieden. Minilifte wurden in die hohlen Bäume gebaut, Aufzüge, in die sich die meisten Fünfzehnjährigen mühsam hineinquetschen mussten.
Die Supertechnik von Gigaplex machte auch vor den Baumkronen nicht Halt. Bald schon nisteten kleine Hütten zwischen dicken Astgabeln. Hängebrücken, Strickleitern und Seilbahnen verbanden die acht Bäume zu einer großartigen Stadt in den Lüften. Korbhütten baumelten an den Ästen wie Nester exotischer Vögel. Netze und Geländer sicherten die Einzelhütten. Zwischen den Hauptstämmen war ein Fangnetz gespannt.
Ganz zuletzt sollte die luftige Welt mit Efeu und Blütenranken geschmückt werden, schöner und prächtiger als die legendären hängenden Gärten der Semiramis*, die zu den sieben Weltwundern zählten.
Ein Unfall jedoch machte den Traum zunichte. Voller Übermut ließ sich ein Techniker von einem der höchsten Äste fallen. Er stürzte so unglücklich in das Fangnetz, dass er sich das Genick brach. Stiebinger war geschockt; sofort stoppte er das Projekt Himmelsstadt. Die Zugangstunnel wurden gesperrt, die Netze, Brücken und Seilbahnen sowie alle von

* Semiramis: assyrische Königin des Altertums

unten sichtbaren Hütten entfernt. Kein Jugendlicher der »Generation Future«, erst recht kein Draufgänger, sollte zu einer gefährlichen Kletterpartie verleitet werden.
Doch nun hatte Sonja die gesperrte Zone neu entdeckt. Einsam in luftiger Höhe leistete sie einen Schwur:
»Hier oben wird mein neues Hauptquartier entstehen. Sonja Stockfisch gibt es nicht mehr. Von nun an bin ich Sonja das Eichhörnchen. Ich werde die hängenden Gärten neu aufbauen, ich ganz allein. Gleich morgen fange ich an!«

Operation Ferkel
Agentenjagd im Untergrund

Zwei Tage später versammelten sich im Verwaltungsgebäude Ost die fünf berühmtesten Freaks zur Beratung, allen voran die drei Super-User von Mystery-Park: Harald der Schreckliche, Erik der Rote, und Lizzy die Verwegene. Alle drei besuchten die Weidenpark-Schule.
Lizzy, von vielen auch TSU (Third-Super-User) oder »Wildkatze« genannt, war zwar erst zwölf Jahre alt, doch sie wurde von allen Freaks verehrt. Sie galt nicht nur als exzellente Hackerin, sondern war auch eine Draufgängerin ohne Beispiel. Als sich Lizzy und Harald zum ersten Mal begegneten, kam es zu einer wilden Rauferei, die tagelang das Thema Nummer eins in der ganzen Schule war. Natürlich zog Lizzy dabei den Kürzeren; Harald der Schreckliche verlor niemals eine Schlägerei. Immerhin war er von Lizzys Mut so beeindruckt, dass er ihr seine Freundschaft anbot. Seitdem gingen sie gemeinsam durch dick und dünn.

Die beiden anderen Anwesenden waren Kevin, das Schweindl, Chef von Phantom, und Karl, Spitzname »Kater Karlo« oder kurz »Karlo«. Er war der Chief* der Technos. Viele ältere Mädchen und Jungs über dreizehn gehörten zu den Technos. Sie übernahmen kleinere Reparaturen im Park, achteten darauf, dass sich niemand an schadhaften Seilbrücken und Leitern verletzen konnte, und entfernten rostige Metallteile, hervorstehende Nägel oder gefährliche Holzsplitter an Spielgeräten. Sie kümmerten sich um Waschanlagen und Klos. Nur bei größeren Schäden baten sie die Techniker von Gigaplex-Germany zu Hilfe. Ihre wichtigste Aufgabe aber war der Brandschutz.

Der Chief der Technos war es, der die Superfreaks von Mystery zu dieser Besprechung gerufen hatte. In einem der Feuerwehrschuppen wurde plötzlich Ausrüstung vermisst.

»Jemand hat die Ausrüstung aus dem Schuppen gestohlen«, erklärte Karlo.

»Diebstahl?«, wiederholte Harald ungläubig. »Bist du sicher, dass es sich nicht um reine Schlamperei handelt?«

Karlos Gesicht lief rot an vor Wut. Lizzy, darum bemüht einen Streit zu verhindern, schaltete sich dazwischen: »Harald will nur sagen, dass die Sicherheitsausrüstung von Mystery allen Besuchern gemeinsam gehört. Warum also stehlen? Vielleicht hat bloß jemand zu fragen vergessen.«

»Zu fragen vergessen!«, höhnte Karlo. »Ätzend! Die Typen haben ein ganzes Magazin ausgeräumt, und du …«

»Ein komplettes Magazin?«, unterbrach ihn Schweindl. »Klasse! Das schafft keiner allein!«

»Nee, bloß eine ganze Bande, eine Mafia. Wenn ich die erwische …«

»Das ist doch der Gipfel der Frechheit!«, mischte sich Erik

* Chief: Bezeichnung für den obersten Ingenieur

ein. Er saß im Hintergrund über ein Computerterminal gebeugt. »Ich habe hier eine komplette Liste der verschwundenen Sachen. Und da steht exakt, wer das Zeug in die U-Bahn verladen hat.«
»Was? Her damit!«
Erik winkte ab. »Langsam, Karlo. Das sind alles Namen von Freaks – von Technos, um genau zu sein.«
»Wie denn, was denn, Technos? Meine eigenen Freunde?«
»Jemand hat sie gebeten, die Ausrüstung in einen U-Bahn-Waggon zu bringen. Der Auftraggeber hat sogar mit Namen und Daumendruck unterschrieben.«
»Wer ist es?«, rief Karlo. »Wer ist dieser Mafiaboss?«
Erik hielt ihm einen Computerausdruck vor die Nase. Harald sah es seinem Bruder an, dass er nur mühsam einen Lachanfall unterdrücken konnte.
Der Chief starrte ungläubig auf das Papier. Sein Gesicht wurde lang und länger. »Was denn, ich selbst? Willst du mich verscheißern?«
»Cool bleiben«, beruhigte ihn Harald. »Die Sache ist ganz klar. Jemand hat die Unterschrift gefälscht – vermutlich der Superhacker.«
»Der Datenmaulwurf?«
»Höchstwahrscheinlich. Dieser Kerl wird unverschämt.«
»Unverschämt sagst du? Ich nenne das kriminell!«, empörte sich Karlo. Er zeigte mit dem Finger auf Schweindl. »Wozu haben wir eigentlich Phantom? Wo ist die berühmte Parkpolizei, wenn man sie braucht? So unternehmt doch endlich was! Der Maulwurf ist ein Dieb. Er gehört eingesperrt!«
Lizzy hielt sich die Ohren zu. »Meinst du nicht, dass du ein bisschen übertreibst, Karlo? Wir sind hier in Mystery-Park. Jeder kann hier machen, was er will.«

»Es gibt Regeln, die man einhalten muss, sonst bricht das Chaos aus.«
»Sicher, Karlo«, beschwichtigte Harald. »Aber hat der Maulwurf wirklich gegen die Regeln verstoßen?«
»Natürlich hat er! Lies doch die Regel drei der Parkgesetze. Schlussendlich steht dort: Wer stiehlt oder ohne Passwort rauft, muss zwei Wochen lang im Verwaltungsgebäude Ost die Klos putzen.‹«
»Regel drei ist lang und kompliziert«, stöhnte Lizzy. »Stammt diese bescheuerte Regel wirklich von uns?«
»Natürlich!« Harald lachte. »Je komplizierter, desto besser. Seit wir diese Regel aufgestellt haben, wird im Park weniger gerauft. Bis man das Gesetz halbwegs begreift, sind die Streithähne meist so weit abgekühlt, dass sie sich wieder versöhnen.«
»Oh ja!«, gluckste Schweindl vergnügt. »Im Übrigen sind die Klos seitdem viel sauberer.«
Karlo klopfte ungeduldig auf den Tisch. »Tatsache ist, dass der Maulwurf die Ausrüstung ohne Streit-Passwort gestohlen hat.«
»Ja schon, aber wer ist der Bestohlene?«, gab Lizzy zu bedenken. »Die Ausrüstung gehört nicht den Technos. Sie gehört eigentlich uns allen, denn sie wurde der gesamten Generation Future geschenkt. Die Ausrüstung, die Gebäude, der Hightechkram, alles gehört dem, der es sich nimmt.«
»Ja, aber doch nicht einfach so!«, brüllte Karlo. »Wo kommen wir denn hin, wenn sich jeder nur bedient? Es gibt schließlich Regeln …«
»… die wir, die Freaks, ausgedacht haben«, ergänzte Harald, »und die auch für uns gelten. Wenn die Ausrüstung allen gehört, kann sie niemandem gestohlen werden.«

»Dann beschließen wir eben eine neue Regel! Schutz von Eigentum der Freaks oder so.«
»Vergiss nicht, dass läppische dreihundert Parkbesucher damit einverstanden sein müssen.* Außerdem gilt eine neue Regel nicht für Diebstähle, die bereits begangen wurden.«
»Superklasse!«, regte sich Schweindl auf. »Das heißt, wenn wir den Maulwurf erwischen, können wir ihn nicht einmal zum Kloputzen verdonnern!«
»Hör endlich auf mit deinen Klos!«, fauchte Karlo.
»Ich habs!«, meldete sich Lizzy. »Sobald der Maulwurf den Park betritt, bleibt ihm ein Phantom als Sonderbewacher auf den Fersen und klebt an ihm wie Kaugummi.«
»Im Prinzip nicht schlecht«, brummte Harald. »Das geht ihm dann so auf die Nerven, dass er aufgibt. Aber wie soll man den Maulwurf verfolgen, wenn man nicht weiß, wie er aussieht?«
Schweindl schnaufte sichtlich genervt. »Meine Phantome kommen sich selbst schon wie Maulwürfe vor, weil sie sich dauernd im Untergrund herumtreiben. Wir brauchen mehr Hinweise. Erik, du hast die Liste. Was wurde überhaupt gestohlen?«
»Oh, hauptsächlich Seile, Strickleitern, Netze, Haken und so 'n Kram.«
»Kletterzeug«, murmelte Harald nachdenklich. »Und was schließt du daraus?«
»Nichts«, antwortete Erik trocken.
»Erik der Rote, unser Superhirn!«, spottete Karlo.
»Ich tue, was ich kann«, verteidigte sich Erik. »Der Maulwurf arbeitet am Computer. Nur ein Hacker kann einen anderen Hacker unschädlich machen.«
»Und warum unternimmst du dann nichts?«

* Siehe Anhang 1: Regel 1 der Gesetze von Mystery-Park

»Mann, das braucht Zeit. Der Maulwurf ist wie eine Maus im Keller, die Vorräte stiehlt. Wie lockt man eine Maus in die Falle?«
»Mit Speck«, antwortete Lizzy schnell. Ihre Augen leuchteten begeistert. »Du meinst, alles was wir brauchen, ist ein Köder?«
»Richtig! Und ich weiß auch schon, worauf unser Freund Maulwurf scharf sein könnte.«

Während die Freaks ihren Plan schmiedeten, reparierte Sonja in Schwindel erregender Höhe die Hütte, direkt am Kronenansatz der mächtigsten Eiche. Das Baumhaus war so geschickt der Stammform angepasst, dass es niemand vom Boden aus entdecken konnte. Der Lift endete im Inneren der Hütte. Von hier aus eroberte Sonja nach und nach die vielen Minihäuser, die sich im Geäst und Laub der acht Bäume versteckten. Die am höchsten gelegene Hütte befand sich mehr als vierzig Meter über dem Erdboden auf schwankenden, bedenklich dünnen Ästen. Sonja wählte sie als ihren Lieblingsplatz. Von hier aus konnte sie den Park weithin überblicken. Die Aussicht reichte bis nach Mikromerika und Inselmeer. Sogar den Staudamm von Aurora erkannte sie in der Ferne.* Wenige Jugendliche hätten den gefährlichen, nur mit Strickleitern gesicherten Aufstieg bis zur höchsten Hütte gewagt. Sonja aber fühlte keine Angst. Je länger sie dort oben arbeitete, desto kühner wurden ihre Aktionen, desto halsbrecherischer die Kletterpartien.
Unter Lebensgefahr befestigte sie fünf Trapeze an den Ästen. Damit schwang sie sich von einem Baum zum anderen wie ein Zirkusartist. Nur – kein Trapezkünstler arbeitete in dieser Höhe, noch dazu ohne Netz.

* Siehe Seite 8: Die Geographie von Mystery-World

So spann Sonja das Eichhörnchen ihr gewagtes Spinnennetz aus Seilen und Leitern und regierte als Königin der Baumkronen die Himmelsstadt. Sie fütterte Eichhörnchen mit Nüssen und anderen Leckereien, und die Habichte wurden Sonjas Lieblingstiere, die sie aus respektvoller Entfernung beobachtete.

Währenddessen ging das Katz-und-Maus-Spiel im Untergrund weiter. Phantom jagte den Maulwurf mit allen Tricks. Und eines Tages wurde Sonja auf Eriks Köder aufmerksam. Harald versammelte die Freaks zur großen Agentenjagd.

»Superklasse! Ich wusste, der Maulwurf kann nicht widerstehen«, jubelte Schweindl.

»Er ist ein Klettermaxe«, bestätigte Harald grinsend. »Hast du eine vollständige Kletterausrüstung bei Gigaplex bestellt, Erik?«

»Ja, Gigaplex war großzügig wie immer. Ein Firmenbote hat die Ausrüstung unseren Freunden von Techno übergeben. Der Maulwurf interessiert sich bereits dafür. Er hat eine Bitte über E-Mail* geäußert. Die Ausrüstung soll in einen U-Bahn-Waggon gebracht werden. Diesmal wurde die Nachricht von FSU Harald dem Schrecklichen persönlich unterzeichnet, hahaha!«

»Ja, sehr witzig«, murmelte Harald misstrauisch. »Ich hätte den Maulwurf für klüger gehalten. Ich an seiner Stelle würde eine Falle vermuten.«

»Klar weiß er, dass es eine Falle ist.« Schweindl zog die Augenbrauen hoch. »In seinem E-Mail heißt es: ›Lege die Ausrüstung in den letzten Waggon jenes Zugs, den ich zu diesem Zeitpunkt schicke. Die Sache ist streng geheim.‹ Ich nehme an, der Superhacker versperrt lange vorher alle U-Bahn-Wagen, damit wir kein Phantom einschleusen kön-

* E-Mail: elektronischer Datenaustausch; eine Botschaft, die über Telefonleitung von Computer zu Computer geschickt wird

nen. Natürlich wird er wieder sämtliche Züge durch die Gegend schicken, um uns zu verwirren. Aber diesmal nützt ihm das nichts.« Schweindl deutete auf den Lageplan der U-Bahn-Station. »Diesmal werden wir alle Züge besetzen, und zwar Stunden vorher. Soll der Maulwurf nachher ruhig die Wagentüren versperren. Innen haben alle Waggons eine Nottaste. Die Phantome können jederzeit wieder raus.«

»Sie können aber nicht zu dem Maulwurf hinein, wenn er sich in einem Waggon einschließt«, gab Lizzy zu bedenken.

»Ja, gewiss. Aber sie könnten ein Foto von ihm machen. Dann wissen wir endlich, wer er ist.«

»Was ist, wenn der Superhacker gar nicht im Zug sitzt, sondern lieber den Geräteschuppen und die Umgebung mit dem Fernglas beobachtet?«, fragte Erik.

»Und was ist, wenn es mehrere sind?« Lizzy war skeptisch.

»Eine verdammt wichtige Frage«, meinte Erik. »Hast du das bedacht, Schweindl? Der Maulwurf könnte überall seine Spione stationieren. Vielleicht beobachten sie den Geräteschuppen lange vorher. Vielleicht schon jetzt, in diesem Augenblick.«

»Das heißt, im Geräteschuppen dürfen keine Phantome sitzen.« Schweindl stöhnte.

»Kein Problem«, beruhigte ihn Erik. »Wir erwischen den Dieb trotzdem. Sobald der Köder im Waggon ist, werden wir ihn jagen und einkreisen. Jedes Phantom hat Sprechfunkverbindung mit uns, und zwar über Walkie-Talkies, die der Maulwurf nicht abschalten kann.« Er streichelte versonnen das Funkgerät auf seinem Tisch. »Die Geräte sind ein Geschenk von Gigaplex. Die Firma will den Superhacker endlich unter Kontrolle haben und wünscht allen Freaks eine gute Jagd.«

»Genug geschwatzt!« Karlos Geduldsfaden riss. »Ich melde mich freiwillig als Lockvogel.«
»Lockvogel?«, fragte Harald.
»Na, irgendwer muss schließlich den Köder in den Zug bringen, oder?«
Schweindl winkte ab. »Vergiss es! Wenn dich der Maulwurf sieht, war alles für die Katz. Der Gauner ahnt vielleicht noch nicht, dass wir von seinem Plan wissen. Diesmal hat er nämlich keine Technos als Boten gewählt, sondern einfach den Zufall entscheiden lassen.«
»Was soll das heißen?«, fragte Lizzy.
»Der Superhacker hat sein E-Mail an ein Spieleterminal im Verwaltungsgebäude geschickt. Ihr wisst schon, dort wo sich die Joystick-Wirbler* treffen. Ein Mädchen las plötzlich die Botschaft des Maulwurfs auf dem Bildschirm: ›First-Super-User Harald bittet dich um Mithilfe bei einem äußerst geheimen Auftrag. Strengstes Schweigegebot! Das Schicksal von Mystery-Park hängt davon ab. Folgendes sollst du bitte tun …‹ Der Maulwurf hat alles detailliert beschrieben und beinahe jeden Schritt, jeden Handgriff, den der Bote machen soll, erklärt. Ich vermute, der Kerl saß gleich nebenan, an einem anderen Spieleterminal. Oder der Superhacker wusste selbst nicht, wer seine Nachricht lesen würde.«
»Er wusste selbst nicht, wen er sich als Boten aussucht?« Karlo tippte sich an die Stirn. »Aber das ist doch verrückt!«
»Er ist nicht verrückt, sondern sehr schlau«, erklärte Erik. »Damit konnte der Maulwurf seine Spur perfekt verwischen. Der Bote ist ein harmloses Mädchen, eine Joystick-Wirblerin, die nicht zu uns Freaks gehört.«
»Kein Freak?« Lizzy staunte. »Aber die anderen Parkbesucher haben keine Ahnung vom U-Bahn-System.«

* Joystick-Wirbler: Kids, die fast jede freie Minute mit Computerspielen verbringen

Harald grinste. »Richtig, der Superhacker hat seinen ersten großen Fehler gemacht. Er hat zu viele Geheimnisse auf einmal gelüftet. Das Mädchen, das die Botschaft erhielt, hat sofort die Geheimtür zur U-Bahn überprüft, die der Maulwurf im E-Mail beschrieben hat. Sie war mutig genug, in eine U-Bahn einzusteigen und kreuz und quer durch den Park zu fahren. Die Bedienung der Züge ist ja idiotensicher, wie ihr wisst. Dabei ist sie einem von Schweindls Phantomen ins Netz gegangen.«
»Ein Glück!« Schweindl schnaufte. »Der Maulwurf kann nicht wissen, dass sein Plan verraten wurde. Allerdings wird er für den Notfall vorgesorgt haben.«
»So ist es«, schloss Harald die Besprechung ab. »Diesmal ist er der Lackierte. Diesmal wird er uns in die Falle gehen! Also dann, Leute, ab nach Hause, damit wir morgen bei der Agentenjagd fit sind.«

Am nächsten Morgen, es war noch nicht sechs Uhr, trafen sich die Freaks am Parktor und bezogen ihre Posten.
Harald, Erik und Schweindl leiteten die Jagd von der Zentrale aus. Erik übernahm die Computerkontrolle. Lizzy überwachte den Zentralbahnhof der U-Bahn auf Mikromerika, der größten Insel von Mystery-Park.
Zwei Stunden später war es so weit.
»Agent Ferkel zwei, Zug sieben, Richtung Mikromerika«, tönte die aufgeregte Stimme aus dem Sprechfunkgerät. »Die Kletterausrüstung ist jetzt an Bord der U-Bahn, genauer gesagt im letzten Waggon. Ich selbst bin wie abgemacht im Triebwagen.«
»Klasse! Wir sind schon unterwegs!«, jubelte Schweindl. »Schweindl an alle! Ihr habt es gehört, Zug sieben! Es macht

also keinen Sinn mehr, wenn wir alle Züge besetzen. Bei der nächsten Haltestelle sollen alle Agenten, außer Ferkel zwei, sofort aussteigen. Wartet auf die Meldung, wo der Zug des Maulwurfs stoppt. Wenn ihr das Kommando bekommt, bewegt eure Hintern, um schnellstens Ferkel zwei zu Hilfe zu kommen. Äh, Agent Ferkel zwei, hast du den Maulwurf beim Einsteigen erkannt?«

»Nein, leider ist niemand zu sehen. Wir kommen jetzt beim Zentralbahnhof an.«

»Hier Lizzy«, knackste es aus den Geräten. »Ferkel, ich sehe keinen Zug sieben.«

Atemlose Stille.

»Er hat die elektronische Anzeigentafel gewechselt«, quiekte Ferkel zwei aufgeregt. »Wir sind jetzt Zug eins.«

»Schlau, dieser Typ!« Schweindl genoss die Jagd sichtlich. Er hörte seinen Agenten aufstöhnen und riss das Walkie-Talkie an sich. »He, Ferkel, was ist?«

Aufgeregte Stimmen plapperten durcheinander.

»Ruhe im Schweinestall!«, brüllte Schweindl. »Ferkel zwei, was ist los?«

»D-der Waggon ist w-weg«, stotterte der Agent.

»Aha …! Wiiie, weg?«

»Schweindl, der Maulwurf hat den letzten Wagen abgekuppelt«, klang Lizzys Stimme aus dem Lautsprecher. »Ich sitze am Verschiebeterminal und kann alles beobachten. Gerade kommt ein anderer Zug und schnappt sich den Waggon.«

»Aber …, aber …«, stammelte Schweindl, »das gilt nicht. Das ist …«

»… genial!«, ergänzte Erik.

»Hundsgemein!«, verbesserte Schweindl. »Der Mistkerl hat die Agenten zum Aussteigen verleitet und dann wieder

sämtliche Waggontüren versperrt. So kann er in aller Ruhe seine Beute heimschaukeln. Es ist zum Haare-Ausraufen!«
»Hallo«, meldete sich eine Stimme aus dem Lautsprecher. »Hallo, hier spricht Ferkel sieben aus Zug achtzehn.«
»Zug achtzehn?« Schweindls Stimme drohte überzuschnappen. »Ich habe doch unmissverständlich gesagt: Alle aussteigen! Hast wohl geschnarcht, wie?«
»Entschuldigung, ich war so müde, und ...«
»Unwichtig!«, unterbrach ihn Harald. »Ferkel sieben, sitzt du etwa im selben Zug wie der Maulwurf?«
»Ja, genau.«
Schweindl stieß ein Siegesgeheul aus, während Harald über Funk die Jäger informierte.
»Unfair«, knurrte Erik. »Durch einen so blöden Zufall zu verlieren, das hat der Maulwurf nicht verdient. Niemand konnte damit rechnen, dass ein Agent im Zug einschläft. Ein lascher Sieg für uns, Leute. Blasen wir die Treibjagd ab.«
»Sag mal, auf welcher Seite stehst du eigentlich?«, fauchte ihn Schweindl an.
»Spiel ist Spiel und Pech ist Pech«, bestätigte auch Harald.
»Hier ist Agent Ferkel sieben«, knackste es aus dem Lautsprecher. »Der Zug hat angehalten, Station Biberkolonie. Soll ich aussteigen?«
»Untersteh dich!«, schimpfte Schweindl. »Damit dich der Maulwurf aussperrt und lachend weiterfährt? Nein, versteck dich und halt die Augen offen! Erst wenn jemand aus dem Zug steigt, darfst du ihn dir schnappen, verstanden? Ich schicke inzwischen Verstärkung.«
Erik warf einen Blick auf seinen Bildschirm. »Karlo und seine Leute sind nur zwei Kilometer weit entfernt. Sie könnten in ein paar Minuten dort sein.«

»Na also.« Harald freute sich. »Das sieht alles sehr gut aus. Wie weit ist die Biberkolonie von hier entfernt?«
»Lächerliche zehn Kilometer«, antwortete Erik. Seine Schadenfreude war nicht zu überhören. »Der Maulwurf hat alle Züge gestoppt und versperrt. Es dauert eine gewisse Zeit, bis ich seine Befehle wieder aufheben kann. Wünsche fröhlichen Fußmarsch, Freunde!«
Harald verbeugte sich vor dem Anführer der Phantomtruppe. »Nach dir, Chef.«
»Zehn Kilometer!« Schweindl stöhnte. »Das zahle ich dem Maulwurf heim, ich schwörs.«

Es dauerte fast zweieinhalb Stunden, bis Harald und Schweindl die Haltestelle Biberkolonie erreichten. Der Waggon war bereits von den Phantomen umzingelt.
»Nun mach schon auf, Maulwurf!«, rief Harald. »Im Waggon gibt es kein Computerterminal. Deine Hackerkünste helfen dir also gar nichts. Ergib dich!«
»Ich habs geschafft!« Erik meldete sich übers Funkgerät. »Es war nicht leicht, aber ich kann jetzt per Computer die Waggontüren öffnen, aufgepasst!«
Mit einem leisen Zischen öffneten sich die Türen.
»Zum Angriff!«, kommandierte Schweindl.
Harald blieb allein auf dem Bahnsteig zurück. »Ich habe ein verdammt schlechtes Gefühl«, murmelte er. Und aus dem Funkgerät dröhnte Eriks Gelächter.
Wutentbrannt stürzte Schweindl aus dem Waggon. »Ausgetrickst! Keine Spur vom Maulwurf und die Kletterausrüstung ist auch weg. Wo ist dieses verschlafene Ferkel?«
Nur mit Mühe konnte Harald seinen Freund davon abhalten, den unglücklichen Agenten zu verprügeln. Ferkel sie-

ben jedoch schwor, dass kein Verdächtiger den stehenden Zug verlassen hatte. Und Agent Ferkel zwei hatte genau beobachtet, wie das Paket mit der Kletterausrüstung im Wagen abgelegt wurde. Lizzy versicherte, im Zentralbahnhof sei niemand in den Waggon ein- oder ausgestiegen. Blieb nur der wenig überzeugende Verdacht, dass Ferkel sieben ein zweites Mal eingeschlafen war.
Völlig verunsichert schlichen die Freaks an diesem Abend nach Hause.

Was war geschehen? Der Plan von Sonja dem Eichhörnchen war in der Tat genial: Die Jäger hatten sich am Tag der Agentenjagd bereits auf die Lauer gelegt, als Harald gegen acht Uhr jene Botin begrüßte, an die der Maulwurf sein E-Mail geschickt hatte. Die vom Maulwurf »rein zufällig« ausgewählte Joystick-Wirblerin sollte die Kletterausrüstung in den Zug bringen.
Harald bemühte sich deutlich zu sprechen, damit die Botin, ein gehörloses Mädchen, von seinen Lippen lesen konnte.
»Pass auf, Sonja, du hältst dich genau an die Anweisungen des Maulwurfs. Im Schuppen findest du eine Geheimtür, wie im E-Mail beschrieben.«
»`Das ist alles irre aufregend`«, schrieb Sonja auf ihre Computertafel. »`Geheimtüren, U-Bahn, Agenten, Computerduelle ... Nur, warum hat der Superhacker ausgerechnet mich ausgewählt?`«
»War wohl Zufall.« Harald zuckte die Schultern.
Sonja lächelte. »`Ich gehöre nun wirklich zu euch, zu den Freaks?`«
»Natürlich. Du kennst jetzt das Geheimnis der U-Bahn. Verrate es bloß niemandem.«

»Aber was tut man so als Freak?«
»Ich hab mir schon was für dich ausgedacht. Mein Bruder Erik beschwert sich immer, weil er in Mystery so viele Namenlisten und sonstigen Kram in den Computer eintippen muss. Willst du ihm dabei helfen?«
»Ich werds überleben«, dachte Sonja.
Auf ihre Computertafel schrieb sie: »Klar, ich helfe euch gerne. Aber Harald, darf ich als Freak jetzt auch die U-Bahnen benutzen? Weißt du, ich wurde aus Weidenstadt-Ostende rausgeworfen. Ich möchte meine neue Hütte im Inselmeer bauen. Der Weg dorthin ist aber weit.«
»Natürlich«, versicherte Harald. »Inselmeer ist super. Ich habe dort selbst eine Weidenhütte, auf meiner eigenen, kleinen Insel. Die Insel heißt Pentagon, weil sie wie ein Fünfeck aussieht. Eriks Insel heißt Corsar – sein ›Seeräubernest‹, wie er es nennt. Besuch uns doch mal. Wir könnten Freunde werden, was meinst du?«
Sonja wusste nicht, ob sie lachen oder weinen sollte. Sie spielte mit dem Gedanken, Harald alles zu beichten. Aber würde er nicht furchtbar zornig werden?
Sie fasste einen Entschluss. Sonja das Eichhörnchen wollte ihrem neuen Freund ein großes Geschenk machen: das bisher größte Geheimnis von Mystery. Aber nicht jetzt. Sie musste erst noch die Agentenjagd gewinnen.

Sonja betrat den Geräteschuppen. Die Kletterausrüstung befand sich in einem leuchtend roten Sack. Flink zerrte sie die Ausrüstung heraus, versteckte sie in einer Ecke und tarnte sie hinter Gerümpel. Mit einem Griff zog sie einige Luftballons aus der Tasche und blies sie auf, um den leeren Sack da-

mit auszustopfen. Sie wurde gerade noch rechtzeitig fertig. Der U-Bahn-Zug Nummer sieben traf ein.
Ächzend, als könnte sie ihre Last kaum schleppen, trug Sonja die Attrappe zum U-Bahnhof. Im Waggon zerstach sie die Ballons und warf den leeren Sack hinter die Tür der Zugtoilette.
Agent Ferkel zwei stand gut versteckt am Fenster des Triebwagens. Er hatte beobachtet, wie Sonja den prall gefüllten Sack in den Waggon brachte und schließlich mit leeren Händen wieder ausstieg. Die Jagd begann.
Nachdem sich Harald bei Sonja bedankt hatte, spurtete er in die Zentrale. Sonja blieb allein im Geräteschuppen zurück. Drei Minuten später, unbemerkt von den Freaks, hielt der nächste Zug. Er trug das lachende Eichhörnchen und seine Beute zu den hängenden Gärten der Himmelsstadt.

Flucht ins Ungewisse

Etwa zur selben Zeit, weit von Mystery-Park entfernt, begann am Oberlauf des Weidenflusses eine abenteuerliche Flucht. Es ist die Geschichte von Daniel dem Tapferen.
Daniel war gerade zwölf Jahre alt geworden. Erst vor kurzem hatte er das Krankenhaus verlassen dürfen. Ein Autounfall hatte seine Welt jäh zerstört. Seine Eltern waren an der Unfallstelle gestorben. Er hatte niemanden mehr, keine Geschwister, keine Großeltern, keine nahen Verwandten.
In dem Heim, in dem man ihn unterbrachte, wurde er liebevoll betreut. Besonders Frau Gerds, die Psychologin des Heims, versuchte ihn zu trösten und hörte ihm geduldig zu. Die Lehrer waren freundlich, obwohl Daniel schlecht lernte und verheerende Klassenarbeiten schrieb.
Immer noch hoffte er, dass alles nur ein böser Traum war. Irgendwann würde er erwachen und alles wäre wie früher.
Die Wochen vergingen. Glücklicherweise hatte Daniel wenigstens einen guten Freund gefunden. Auch Oliver, ein großer, wilder Fünfzehnjähriger, hatte seine Eltern durch einen Unfall verloren. Doch er war stark und selbstbewusst. Er lachte viel und steckte alle Menschen mit seiner Fröhlichkeit an. Daniel bewunderte ihn sehr.
Eines Tages geschah das nächste Unglück. Daniel wischte gerade den Boden des Speisesaals, als er Zeuge eines Streits wurde. Dominik, ein Siebzehnjähriger, der alles andere als ein Musterschüler war, behauptete nämlich, Oliver habe ihn bestohlen. Als Oliver daraufhin nur lachte, ging der andere zornentbrannt auf ihn los.
Gewiss, Oliver war stark und mutig. Aber gegen den fast erwachsenen Gegner konnte er nichts ausrichten. Gnadenlos

drosch der Angreifer auf Oliver ein, der sich bereits vor Schmerzen am Boden krümmte. Es half nichts, dass Daniel kreischend an Dominiks Arm hing. Der Große schüttelte den Kleinen einfach ab und prügelte weiter.
Daniel hätte nicht sagen können, was er in diesem Moment dachte oder fühlte. Wie in Trance packte er seinen Besen und schmetterte ihn mit aller Kraft auf Dominiks Hinterkopf. Dominik stürzte wie ein gefällter Baum. Blut schoss aus der Kopfwunde.
Daniel stand wie angewurzelt da, bis ihn Oliver an der Hand nahm und ihn hinter sich her zerrte.
»Oh Mann, du bist der größte Pechvogel aller Zeiten! Aber ich werde nie vergessen, was du für mich getan hast. Komm, wir müssen uns beeilen! Bis die Schlafmützen in der Heimleitung munter werden, sind wir über alle Berge.«
»A-aber«, stotterte Daniel, »wir müssen Hilfe holen, sonst verblutet er.«
»Der steht nicht mehr auf, Dani. So einen Schlag überlebt man nicht.«
Daniel war kreidebleich. Er konnte sich kaum noch auf den Beinen halten.
Oliver fasste ihn mit beiden Händen und schüttelte ihn. Seine Stimme klang ungewöhnlich hoch und hektisch. Er war in Panik. »Dominik ist tot, verstehst du? Aus, vorbei, mausetot! Du hast zwar in Notwehr gehandelt, aber wer weiß, ob wir damit durchkommen.«
Daniel nickte mechanisch. Er zweifelte nicht an Olivers Worten. Er folgte seinem Freund, während in seinem Kopf ein Gedanke den anderen jagte.
Zuerst versperrte Oliver den Speisesaal von außen und warf den Schlüssel ins Klo. Danach besorgte er Decken, zwei

Feuerzeuge und ein paar scharfe Küchenmesser, verschnürte alles zu einem Bündel und drückte es Daniel in die Hand.
»Du musst fliehen, Dani! Lauf zum Fluss und versteck dich in der wilden Au. Dort wartest du auf mich. Es kann eine Zeit lang dauern, bis ich nachkomme.«
»W-was?«, stotterte Daniel. »Warum kommst du nicht gleich mit, Oliver?«
»Später. Vielleicht kann ich die Gerds überzeugen, dass es ein Unfall war.«
»Gehen wir beide zu ihr.«
»Bist du verrückt? Was ist, wenn sie uns nicht glaubt? Wer weiß, vielleicht stecken sie dich in ein Erziehungsheim. Willst du das etwa?«
Daniel schüttelte den Kopf. Oliver zog ihn weiter mit sich; vorsichtig spähte er um die Ecke. Am Eingangstor unterhielt sich die Psychologin gerade mit einer Kollegin.
»Hör zu«, flüsterte Oliver, »du verschwindest nur so lange, bis das hier geklärt ist. Ich habe einen ganzen Stapel Romane über Flüchtlinge gelesen und kenne mich aus. Nimm dich in Acht vor den Suchhunden. Geh möglichst oft im Wasser. Schwimm oder lass dich treiben. Schlafe tagsüber in Böschungshöhlen, auf Bäumen oder Inseln.«
»Und wo treffen wir uns?«
»Wir treffen uns in …« Oliver verstummte vor Schreck, als sich eine Hand auf seine Schulter legte.
Frau Gerds war unbemerkt herangekommen. Sie hatte gerade noch Olivers letzte Sätze gehört.
»Nanu, ihr beiden, was heckt ihr denn aus? Daniel, meine Güte, du siehst ja ganz verstört aus.« Weiter kam sie nicht. Oliver war als Sportskanone bekannt; sein Lieblingssport war Judo. Blitzschnell erfasste er den Arm der Psychologin,

ging in die Knie und warf die völlig überraschte Frau mit einem perfekten Judotrick über seine Schulter. Stumm vor Schreck lag sie auf dem Rücken.
»Lauf, Dani!«, brüllte Oliver dem verdutzten Freund zu. »Nun lauf, du sturer Bock, das ist deine letzte Chance!«
Daniel stürmte los, ohne sich noch einmal umzudrehen.
Oliver half seinem stöhnenden Opfer auf die Beine.
»Das nächste Mal nimmst du einen Sandsack für deine Übungen, okay?«, knurrte Frau Gerds, während sie sich den Rücken massierte. »Sag mir jetzt auf der Stelle, was los ist!«
»Tut mir Leid«, murmelte Oliver zerknirscht. »Ich musste es tun.« Und schon begann er auszupacken.
Frau Gerds Gesicht wurde immer ernster. »Es wird alles gut werden«, flüsterte sie endlich. »Los, Oliver, du alarmierst die Rettung und die Heimleitung, und ich laufe zum Speisesaal. Jemand soll nach Daniel suchen. Mensch, wie konntet ihr beide nur so dumm sein! Hoffentlich passiert dem Jungen nichts.«

Währenddessen erreichte Daniel die Uferböschung und ließ sich ins Wasser gleiten. Daniel war schlau; er schwamm nicht flussabwärts, sondern watete mühsam stromaufwärts, immer in Deckung der Büsche. Als er hinter sich Hundegebell hörte, verkroch er sich in einer ausgewaschenen Uferhöhlung, kaum groß genug für ihn, aber perfekt durch Efeu und Schlingpflanzen getarnt. Voller Ekel verscheuchte er die Blindschleichen, die sich dort versteckt hielten.
In diesem elenden Versteck verbrachte er den ganzen restlichen Tag. Zweimal rauschte ein Polizeiboot an ihm vorbei, dessen Besatzung mit Feldstechern die Ufer absuchte.
Männer mit Hunden durchkämmten die Au. Daniel hielt

den Atem an. Einmal kamen sie ihm so nahe, dass er das Schnüffeln der Tiere wahrnehmen konnte. Aber der Junge hatte das Ufer nie betreten und war nur im Wasser marschiert. Das Plätschern der Wellen, der leichte Fisch- und Modergeruch schirmten ihn zusätzlich ab. So entging er sogar den scharfen Nasen der Spürhunde.

Es wurde Nacht. Nun erst wagte sich Daniel hervor. Er streckte sich und massierte die eingeschlafenen Beine. Noch immer hörte er von fern Männerstimmen und Hundegebell. Ab und zu erhellte ein Lichtstrahl den Himmel. Ein Glück, sie suchten ihn flussabwärts.

So schnell er konnte, arbeitete er sich weiter gegen die Strömung vor. Er fror erbärmlich. Selbst jetzt, im Hochsommer, konnte man das Wasser des Weidenflusses nicht gerade als warm bezeichnen. Jede Viertelstunde musste er eine Rast einlegen, um seine blau gefrorenen Füße zu wärmen.

Nach vier Stunden war er völlig erschöpft. Mit letzter Kraft kletterte er auf einen Baum und verbrachte den Rest der Nacht, vor Kälte zitternd, auf einer Astgabel. Schniefend und hustend erwartete er den Sonnenaufgang.

Im Laufe des nächsten Tages füllten sich die Sandstrände und Kiesbänke mit Menschen, die hier den heißen Sommertag mit Baden und Faulenzen verbrachten.

Daniel dachte an ein Sprichwort seines verstorbenen Großvaters. »Eine einzelne graue Maus fällt unter hundert anderen Mäusen nicht auf«, pflegte er immer zu sagen. Also streckte sich Daniel wohlig in der Sonne und schlief, umgeben von Badegästen, einen tiefen Schlaf. Seine Decken trockneten unterdessen auf einer Kiesbank.

Erst am späten Nachmittag, als der verlockende Duft von

Grillfeuern zu ihm wehte, erwachte er. Obwohl sein Magen vor Hunger flau war, wagte er nicht um Essen zu betteln.
Als der Abend dämmerte, versteckte er sich wieder auf einer Astgabel, im schützenden Blätterdach der Bäume.
Es wurde dunkel. Die letzten Badenden packten ihre Siebensachen und machten sich auf den Heimweg. Endlich allein, durchstöberte Daniel die kalten Feuerstellen nach Essensresten. Vergeblich! Stattdessen entdeckte er in Ufernähe ein Maisfeld. Die Maiskolben waren zwar noch klein und zart, schmeckten aber köstlich. Daniel sicherte sich gleich einen größeren Vorrat davon. Mit Schlinglianen und Decken verschnürte er die Beute sorgfältig zu einem Bündel. Er wagte es sogar, einige Kolben am Lagerfeuer zu grillen. Die salzige Holzkohle diente dabei als Gewürz. Noch nie in seinem Leben hatte ihm etwas so gut geschmeckt.
Schließlich fand er auch eine weggeworfene Zeitung. Sein Blick fiel auf eine fett gedruckte Überschrift: »Mystery-Park, Eintritt für Erwachsene verboten!«
Interessiert las Daniel den ganzen Artikel. Sein Herz klopfte. Keine Erwachsenen – das bedeutete auch: keine Polizisten. Dorthin musste er flüchten. Aufmerksam studierte er den Lageplan des Ferienparks. So ein Glück! Mystery lag am Weidenfluss. Er musste sich also nur lange genug flussabwärts treiben lassen, um dorthin zu gelangen.
Während dieser Nacht hörte er weder Hundegebell noch Stimmen. Nur der Husten machte ihm zu schaffen.

Auch die nächsten zwei Tage und Nächte verbrachte er dort, in der Nähe des Maisfeldes, weil er befürchtete, dass sich die Verfolger flussabwärts herumtrieben. Dann erst wagte er mitten in der Nacht die Reise in diese Richtung.

An eine abgebrochene, dicke Astgabel geklammert, ließ er sich von der Strömung tragen. Erstaunlich schnell kam er auf diese Weise voran. Nur die vielen Wehren bildeten lästige, zeitraubende Hindernisse; außerdem waren sie nicht un gefährlich. Im letzten Moment gelang es dem Jungen, einen Ast am Ufer zu erfassen, bevor es ihn in den gewaltigen Sog des ersten Wehres zog. Es dauerte über eine Stunde, bis er endlich sein Deckenbündel wieder fand.

Von nun an war er vorsichtiger. Wann immer er verdächtiges Rauschen hörte, steuerte er ans Ufer und besichtigte das Hindernis, bevor er es durchschwamm oder umging.

Reste von uralten Brücken, Reusen und Wasserrädern erinnerten hier an längst vergangene Zeiten. Die gefährlichen Holzpfähle lauerten meist an den reißendsten Stellen, dicht unter der Wasseroberfläche. Tagsüber konnte man sie leicht erkennen und ihnen ausweichen, nicht jedoch in der Dunkelheit. So war es kein Wunder, dass sich Daniel neben vielen Schrammen und blauen Flecken auch eine böse Schnittwunde zuzog.

In der sechsten Nacht seit Beginn der Flucht mündete der Fluss in einen schier endlosen langen Stausee. Im stehenden Wasser kam Daniel nur langsam voran. Sein Husten verschlimmerte sich. Er zitterte vor Kälte und Erschöpfung. Zwar fand er am Ufer ein Boot, doch die Paddel fehlten und er konnte die Ankerkette nicht lösen.

Da ihm keine Wahl blieb, wanderte er entlang der Uferstraße, durchnässt, schniefend und hustend. Er fieberte. Bei jedem Motorengeräusch warf er sich in den Straßengraben. Die Lichter der Autos erschienen ihm wie Ungeheuer aus einer anderen Welt.

Gegen Morgengrauen stand er auf der Krone eines gewaltigen Staudamms. Unter ihm schlängelte sich der Fluss, hellgrün und verheißungsvoll lebhaft. Daniel rannte über die Staumauer. Hier gab es keine Deckung vor den Lichtern der Autos. Keuchend erreichte er das andere Ufer. Seine Kehle brannte wie Feuer, er sehnte sich nach Ruhe, doch er musste weiter, immer weiter, ein Versteck suchen, bevor es Tag wurde. Auf einem Brückenträger, gut versteckt vor neugierigen Blicken, schlief er ein. Der Straßenverkehr donnerte keine zwei Meter über ihm hinweg; nicht einmal die schweren Lastautos konnten ihn aufwecken.

Tags darauf verschlimmerte sich die Lage. Ein Wolkenbruch folgte dem anderen. Daniel übersiedelte vom Brückenträger nach unten, auf die Sandbank direkt am Wasser. Hier, vor dem Regen geschützt, entzündete er ein Lagerfeuer. Fieber schüttelte ihn, während er so nahe wie möglich an die wärmenden Flammen rückte. In einem schäbigen, verrosteten Blecheimer kochte er Wasser, versetzt mit wilder Kamille, die er am Ufer pflückte. Der Kamillentee linderte den Husten und das Brennen im Hals. Nachdem er unter die warmen, endlich trockenen Decken gekrochen war, fühlte er sich sonderbar geborgen. »Und ich schaffe es«, dachte er immer wieder. »Ich werde es schaffen!«

Am nächsten Tag streifte Daniel zwischen den Autos der Badenden herum. Aus einem unverschlossenen Wagen stahl er den Erste-Hilfe-Koffer und eine Angelrute. Er zitterte vor Aufregung und Scham. »Ich bin ein Mörder und ein Dieb, ein Mörder und ein Dieb«, so hallte es in seinem Kopf.

Der Erste-Hilfe-Koffer enthielt keine Medikamente, mit denen er seine Erkältung kurieren konnte. Die Angelrute hingegen war ein Glücksgriff. Seit jenem Tag ernährte er sich hauptsächlich von gebratenen oder gekochten Forellen.

An einem Altarm des Weidenflusses, Rosstümpel genannt, ließ er sich für einige Tage nieder. Hier übernachtete er in Jägerhochständen, fischte, trank Tee und erholte sich leidlich. Er schloss sogar Freundschaft mit einigen Jungs und tauschte Forellen gegen Bratkartoffeln und Brot.
Es ging so lange gut, bis sich die Polizei einen der Jungen schnappte, die genüsslich Daniels Fische grillten. Der arme Kerl beteuerte umsonst seine Unschuld, während sich der echte Schwarzfischer flink ins Gebüsch trollte.
Noch in derselben Nacht brach Daniel wieder auf. Er gewöhnte sich allmählich an das Vagabundenleben. Während seine Tage wie ein wundersamer Ferientraum dahindämmerten, näherte sich Daniels nächtliche Reise ihrem gefährlichsten Hindernis: einer Stadt.
Bisher war er unter den Badenden nie aufgefallen. In der Stadt jedoch war ein einsamer Schwimmer im Fluss zweifellos verdächtig. Als Fußgänger würde man ihn weniger beachten. Sollte er besser an Land gehen? Er wagte es nicht. Bestimmt war sein Bild in allen Zeitungen erschienen. Und in seinen zerlumpten, zerrissenen Kleidern zog er vermutlich alle Blicke auf sich.
So rieb er sich Gesicht, Körper und Haare mit Holzasche ein, brach eine Astgabel als Schwimmhilfe ab und ließ sich von der Strömung treiben. Zwei Stunden vor der Morgendämmerung näherte er sich den Lichtern der Stadt. Er tauchte so tief unter, dass gerade noch Augen und Nase aus dem Wasser ragten. Trotzdem rechnete er jeden Moment damit, dass ihn jemand entdeckte. Und kalt war ihm! Er musste schnellstens ans Ufer gelangen und sich aufwärmen. Doch er fand kein Versteck. Alles war erhellt von Straßenlaternen und Reklamelichtern.

Besonders kritisch wurde es im Stadtzentrum, wo sich zwei Flüsse vereinten. Der Weidenfluss stürzte dort über ein zwei Meter hohes Wehr hinab. Daniel konnte das Hindernis nicht umgehen, denn hohe Mauern schlossen die Ufer ein. Und genau über ihm, auf einer Brücke, standen zwei Polizisten. Samt seiner Astgabel ließ er sich fallen. Heftig schlug er mit dem Kopf auf eine Betonplatte; das schnell fließende Wasser hatte den Aufprall nur ungenügend gedämpft. Benommen, mit kraftlosen Schwimmbewegungen, hielt sich Daniel über Wasser. Die Strömung riss ihn mit sich. Hektisch grapschte er nach der Astgabel. Er fühlte, dass etwas Warmes, Klebriges von seiner Stirn rann. Eisige Kälte lähmte seine Bewegungen. Mit letzter Kraft steuerte er eine große Insel an, die noch innerhalb der Stadtgrenzen lag.
Endlich – das Ufer! Minutenlang blieb Daniel wie tot liegen. Dann erst spürte er die Brennnesseln, die ihm Gesicht und Arme verbrannten. Er öffnete das Deckenbündel, das er vorsorglich an der Astgabel festgebunden hatte.
Während er mit den Tränen kämpfte, riss er Streifen aus einer Decke, um seine blutende Stirn zu verbinden. Er war unendlich müde. Doch er durfte hier nicht bleiben. Raus, nur raus aus der Stadt, und dann ein Feuer anzünden. Ein warmes, wunderbares, Leben rettendes Feuer!
Er überwand sich und glitt wieder ins kalte Wasser. Alle bisher erlittenen Qualen wären umsonst, wenn er jetzt nicht durchhielt.
Er hatte Glück. Schon an der nächsten Flussbiegung erloschen die Lichter der Stadt. Das Ufer wurde steil und felsig. Und das Wichtigste: Eine Insel, in reißender Strömung und vom Ufer aus schwer erreichbar, teilte hier den Fluss.
Daniel war viel zu erschöpft, um die Gegend genauer zu

erforschen; nur zwei Dinge interessierten ihn noch: die verlassene Feuerstelle auf einer Kiesbank und das trockene Schwemmholz, das hier herumlag.
Es war ihm egal, ob jemand am Ufer den Schein seines Lagerfeuers bemerkte. Nackt saß er da und trank heißen Kamillentee, bis die Decken halbwegs trocken waren. Bald darauf schlief er ein.

»Guten Tag, Junge!«
Daniel zuckte zusammen und fuhr hoch. Am Feuer saß ein bärtiger Mann, dessen Augen schalkhaft blau leuchteten.
Der Fremde hielt Daniel eine dampfende Tasse vor die Nase.
Kakao!
Daniel griff zu, noch bevor er sich zu einem Dankeschön aufraffte. Viel zu hastig schluckte er das köstliche Getränk. Der nachfolgende Hustenanfall war schlimm.
»Lebst du noch?«, brummte der Fremde erschrocken. »Dein Husten klingt nicht gut. Du brauchst Medikamente.«
Daniel nickte unglücklich. Schweigend goss der Mann noch einmal Kakao in die Tasse.
»Danke«, murmelte Daniel, während er den forschenden blauen Augen auswich. Sein Blick fiel auf das voll beladene, graugrüne Boot am Ufer. »Ist das Ihr Kanu?«
»Ja.« Der Fremde streckte die langen Beine aus. »Ich hab Urlaub. Ich paddle einsam den Fluss hinunter und lasse mich nieder, wo es mir gefällt. Gestern Nacht ist es ein wenig spät geworden. Da entdeckte ich diese Insel und dein Feuer. Entschuldige, dass ich einfach deinen Lagerplatz benutze. Ich konnte dich leider nicht um Erlaubnis fragen – du hast geschlafen wie ein Bär. Als Ausgleich für meine Unverfrorenheit lade ich dich zum Frühstück ein. Gilt der Handel?«

»Nett von Ihnen«, antwortete Daniel zaghaft, doch seine Augen leuchteten in unbezähmbarer Gier.
Lachend packte der Fremde seine Schätze aus: Brot, Butter, Käse, Wurst ... Dem Jungen quollen fast die Augen aus den Höhlen. Mit beiden Händen griff er zu.
»Wie heißt du?«, erkundigte sich sein Gastgeber.
»Daniel ...« Und schon verschluckte er sich. In Gedanken schimpfte er sich einen Idioten. Warum erzählte er dem Fremden nicht gleich, dass er ein gesuchter Mörder war?
»Ich heiße Daniel, äh ...«
»Daniel genügt«, unterbrach ihn der Mann. »In den Bergen und am Fluss redet man sich mit Vornamen an. Ein Sprichwort lautet: Namen sind Schall und Rauch.«
»Äh, ja ... Und wie heißen Sie?«
»Nenn mich Markus.« Der Bärtige lachte dröhnend.
Daniel wusste nicht, warum der Fremde so vergnügt war. Aber nach einer Weile konnte er nicht anders, er lachte mit.

Daniel und Markus dehnten ihr spätes Frühstück bis in den Nachmittag aus und verdauten hinterher ausgiebig bei einigen Tassen Tee. Der Junge staunte nicht schlecht über die Ausrüstung, die sein neuer Freund mit sich schleppte: Zelt, Luftmatratze, Wolldecken und Polster, Kochgeschirr und Waschschüssel zerrte der merkwürdige Paddelboot-Urlauber aus dem Kahn hervor, dazu einen großen Gaskocher nebst Ersatzgasflaschen und Zubehör.
»Man will in seinen Ferien schließlich nicht auf jeglichen Luxus verzichten«, erklärte er augenzwinkernd und gähnte wohlig. »Heute ist es schon zu spät für die Weiterreise, und hier ist es wunderschön. Wenn du nichts dagegen hast, bleibe ich noch zwei Tage. Ich möchte mich ein wenig aus-

ruhen. Die vielen Staumauern und Wehren – eine elende Schinderei! Ich muss das Boot jedes Mal mitsamt meinem Krempel mühsam über die Böschung tragen. Hast du was dagegen, wenn ich bleibe?«

Daniel rieb sich verlegen die Hände. »Die Insel gehört mir nicht.«

»Ja, schon, aber du warst vor mir hier. Ich weiß, wie es ist, wenn man allein sein will und sich ein Störenfried wie die Laus im Pelz breit macht.« Daniel setzte zu einer Gegenrede an, doch Markus schnitt ihm das Wort ab. »Nein, nein, ich bestehe auf einer Wiedergutmachung. Mein Angebot lautet: kostenloses Essen und Trinken für dich während der zwei Tage, die ich hier verbringe. Ist das was?«

Daniel betrachtete ihn misstrauisch.

Markus lächelte verständnisvoll. »Weißt du, seit Tagen schleppe ich Unmengen von Lebensmitteln mit mir herum. Hilfst du mir bei der Vernichtung von überschüssigem Essen, bevor es verdirbt?«

»Hm, na ja, wenn du darauf bestehst. Aber wenn ich Forellen fange, musst du sie als Gegengeschenk annehmen.«

»Klar«, sagte Markus, während er seinem jungen Freund den Rücken klopfte. Daniel hatte sich erneut verschluckt, denn es war ihm zu spät eingefallen, dass Schwarzfischen streng verboten ist.

Doch Markus stellte keine Fragen. Er löste eine Brausetablette in Daniels Tee auf und gab ihm ein Medikament gegen Halsschmerz. »Ich habe bei jeder Paddeltour Arznei dabei«, erklärte er. »Solltest du dir merken.«

Während der nächsten Tage wurden die beiden dicke Freunde. Markus steckte voller Tricks, was das Überleben in

der Wildnis anging. Er zeigte Daniel, wie man mit feuchtem Holz, ja sogar ohne Streichhölzer Feuer machte. Er verriet ihm eine geniale Art des Schwarzfischens. »Wenn du Hunger hast, kannst du die Angel vergessen«, erklärte er. »Profis machen das so: Such dir einen schweren Stein, den größten, den du heben kannst. Forellen stehen, wie du bestimmt weißt, meist sehr tief, in klarem Wasser. Mach den dichtesten Schwarm ausfindig, hebe den Stein im Zeitlupentempo hoch über den Kopf und wirf. Du musst die Forelle nicht treffen. Auf die Druckwelle kommt es an. Landet der Stein nahe genug bei einem Fisch und ist der Aufschlag heftig, so tötet ihn die Druckwelle augenblicklich.« Noch während er sprach, demonstrierte Markus diese Jagdmethode. Zwei große Fische starben im aufbrodelnden Wasser.

Daniel nickte beeindruckt. Von seinem neuen Freund konnte er allerhand lernen. Zum Beispiel, wie man Schlingenfallen herstellt und auslegt. Markus erklärte ihm den Bau von Fischreusen und Hakenharpunen. Er zeigte ihm Pflanzen, deren Saft man in die Haut einrieb.
»Der Saft dieser Pflanze wehrt leidlich Stechmücken ab. Diese da hilft bei Sonnenbrand. Schau, die hier produziert eine schöne gelbe Farbe. Und diese ..., ja, die verwirrt die Nasen von Spürhunden.«
Daniel wurde rot, aber Markus schien es nicht zu bemerken. Er fuhr mit seinem Lehrgang fort, bis er sich schließlich begeistert über die Herstellung und Pflege einer Weidenhütte ausließ.
»Ich habe von einem Gebiet namens Mystery-Park gehört«, platzte Daniel heraus. »Dort baut man angeblich solche Hütten. Ich will unbedingt dorthin.«
Markus nickte, als habe er das längst gewusst. »Mystery ist gar nicht weit von hier. Ich könnte dich mitnehmen.«
»Wie? In deinem überfüllten Boot?«
»Du kannst dich vorne auf den Bug setzen, wenn es dir nicht zu unbequem ist. Weißt du, vor Mystery-Park muss ich noch zwei Staumauern überqueren. Als Gegenleistung könntest du einem alten Mann beim Schleppen der Ausrüstung helfen.«
»Ja, natürlich!«, rief Daniel, der seine Freude nicht verbergen konnte.

Am nächsten Morgen brachen sie auf. Sie paddelten gemütlich am Ufer entlang, sie hatten es nicht eilig. Einer genoss die Gesellschaft des anderen.
Endlich schaukelte das Boot an einer gewaltigen Staumauer.

Die Dammkrone war hier hoch umzäunt und mit Stacheldraht gesichert. Der Zaun setzte sich auch am Ufer fort. Aus dem Zeitungsartikel, den er am zweiten Fluchttag gefunden hatte, wusste Daniel, dass jeder Kletterversuch auf der Stelle elektronisch bei Gigaplex-Germany gemeldet wurde. Automatische Wachroboter und Wächter mit Hunden wehrten jeden ab, der ungebeten in den Park eindringen wollte. Hier machte Markus Halt.

»Nun heißt es Abschied nehmen, Daniel, denn hier geht es mir wie dem Hund vor dem Fleischerladen: Ich darf nicht hinein.« Er klopfte dem Jungen auf die Schulter. Als Daniel an Land klettern wollte, hielt ihn Markus fest, drückte ihn sanft ins Boot zurück und stieg selbst aus dem Kanu.

»Hör genau zu«, begann Markus in ernstem Ton. »Du kannst die Absperrungen niemals ohne Hilfe durchdringen. Die Eingangstore von Mystery nützen dir nichts; nur wer sich mit Namen und Fingerabdruck anmeldet, darf in den Park. Außerdem brauchst du eine schriftliche Erlaubnis deiner Eltern oder Erzieher.« Er lächelte, als er Daniels verzweifeltes Gesicht beobachtete. »Weißt du, damit wollten wir verhindernd, dass der Park von Besuchern völlig überschwemmt wird. Nicht viele Eltern lasse ihre Kinder allein durch ein riesiges Naturgebiet streifen. – Nein, sag nichts. Ich will gar nicht wissen, warum du ausgerissen bist, denn es geht mich nichts an. Ich bewundere deinen Mut. In Mystery-Park wird Mut immer respektiert, weißt du?«

Er legte die Handfläche auf ein rot blinkendes Kästchen am Zaun. Eine Klappe öffnete sich lautlos und gab ein Computerterminal frei. Daniel war wie vor den Kopf geschlagen. Wer war dieser Mann?

»Im vorderen Teil des Kanus findest du eine Karte des Parks,

Daniel. Die Gesetze der Freaks gelten für dich nicht, weil dein verbotenes Eindringen ein neues Spiel mit völlig neuen Regeln eröffnen wird.«

Ein Schiebetor, bisher unsichtbar, öffnete sich in der Staumauer. Der Sog der Schleuse erfasste das Boot und zog es in eine finstere Kammer. Langsam, aber unbarmherzig verengte sich hinter Daniel das Tor.

»Mut, mein Freund«, hörte er noch Markus' Stimme. »Das Kanu und die Ausrüstung kannst du behalten. Ich schenke sie dir. Leb wohl!«

Noch bevor Daniel eine Frage oder ein Wort des Dankes rufen konnte, schloss sich das Tor mit einem dumpfen Geräusch. Pumpen erzeugten ein unheimliches Gurgeln, während der Wasserspiegel rasant fiel. Es dauerte kaum fünf Minuten, da öffnete sich ein zweites Tor. Ein Wasserschwall schwemmte das Boot aus der Schleusenkammer. Der Staudamm bildete nun hinter Daniel wieder eine fugenlose Mauer. Eine Geheimtür.

Markus Stiebinger, Marketing-Chef von Gigaplex, stand noch immer auf der Mauerkrone und beobachtete, wie das Kanu flussabwärts trieb.

»Generation Future«, murmelte er. »Die Zukunft gehört den Tapferen. Daniel der Tapfere, ich wünsche dir, dass du dein Spiel gewinnst!«

Die sieben Rätsel

Die großen Schulferien gingen zu Ende. Ein Hauch von Wehmut machte sich in Mystery-Park breit. Einige Mädchen und Jungs der Generation Future mussten Abschied nehmen, denn in den kommenden Monaten feierten sie ihren sechzehnten Geburtstag.

Gigaplex hatte jedoch auch für diese Jugendlichen vorgesorgt. Direkt an Mystery war ein zweiter Park angeschlossen worden. »Aurora«, Morgenröte, wurde das Gebiet genannt. Dort durfte die »Generation Aurora«, also die über Sechzehnjährigen, bis an ihr Lebensende die Ferien beziehungsweise die Freizeit verbringen. Aurora, so hieß es, sei wunderschön und technisch noch moderner ausgerüstet als Mystery. Doch seltsam – alle Mädchen und Jungs fühlten sich wie verbannt, wenn sie Mystery verlassen mussten.

Über den Abschied von Schweindl alias Kevin waren die Freaks besonders traurig. FSU Harald lud alle »Aussteiger« zu einem großen Fest auf seiner Insel Pentagon ein. Am Ende der Feier gab es beim Tauziehen ein Kräftemessen zwischen den beinahe Sechzehnjährigen, die von nun an Oldies genannt wurden, und ihren Nachfolgern. Unter Schweindls Führung errangen die Oldies ihren letzten Sieg in Mystery; es gelang ihnen, das gegnerische Team in ein Schlammloch zu ziehen.

Der neue Chef von Phantom erhielt im selben Zug seine Einstandstaufe. Mario, Spitzname »Ziegie« oder auch »Ziegenfreak«, wurde Nachfolger des berühmten Schweindl.

Unter allgemeinem Jubel wurde auch Harald mit Schlamm getauft. Einen Sommer lang durfte er noch FSU sein, bevor Erik der Rote seinen Platz einnahm. Doch Schweindl er-

nannte seinen Freund Harald schon jetzt zum FSU-A, »First-Super-User Auroras«.
Das Fest endete in einer einzigen Dreckschlacht, bei der niemand verschont blieb. Auch Sonja triefte vor Matsch. Erik hatte darauf bestanden, Sonja den Ehrentitel ASU, Assistent-Super-User, zu verleihen. Sosehr sich Sonja auch bemühte, es war enorm schwierig, ihre Talente vor einem anderen Hacker zu verbergen.

Am nächsten Tag begann der große Katzenjammer. Der erste Schultag nach den großen Ferien war entsetzlich öde. Müde, gelangweilt und niedergeschlagen hockten die Kids in den Klassenräumen. In der Weidenpark-Schule gab es wohl keinen Schüler, der nicht ab und zu sehnsüchtig durchs Fenster schielte. Denn draußen, keine dreihundert Meter entfernt, lag der Eingang zu Mystery-Park.
Als die Klingel den ersten Schultag beendete, lief auch Sonja ohne Umweg in den Park. Sie programmierte den ersten U-Bahn-Zug und nahm Kurs zu den hängenden Gärten. Nichts ahnend öffnete sie den Geheimgang, der zu den Liften der Himmelsstadt führte.
In der Schaltzentrale wurde sie bereits erwartet. Ein bärtiger Mann mit langen Beinen und lachenden blauen Augen saß auf dem Sessel vor dem Schaltpult. Sonja schrak zusammen. Sie erkannte den ungebetenen Gast auf den ersten Blick. Jeder Computerfreak kannte dieses Gesicht aus Fachzeitschriften. Vor ihr saß Markus Stiebinger, der mächtige Marketing-Chef von Gigaplex. Er nickte ihr freundlich zu.
»Hallo, Maulwurf.«
`»Hallo, Herr Stiebinger«,` tippte sie mit zittrigen Fingern auf ihre Computertafel.

Ratlos nahm sie seine angebotene Hand.
»Sonja der Stockfisch, Sonja der Maulwurf, Sonja der Superhacker!« Stiebinger lachte laut.
»Ich will lieber Eichhörnchen genannt werden«, schrieb Sonja. »Sind Sie nur hier, um mich zu ärgern? Oder wollen Sie mich verhaften lassen?«
»Aber nicht doch! Wie wäre es mit folgendem Vorschlag: Ich nenne dich Eichhörnchen, wenn du das blöde ›Sie‹ vergisst. Sag einfach Markus zu mir. Und warum ich dich besuche? Natürlich aus Neugier, was dachtest du? Ich beobachte dein Katz-und-Maus-Spiel mit den Freaks schon lange. Ein fabelhafter Spaß!«
Sonja fühlte, wie sie immer wütender wurde. Der Kerl machte sich über sie lustig! Entschlossen tippte sie: »Gigaplex hat das Gesetz erlassen, dass niemand, der älter als sechzehn Jahre ist, Mystery-Park betreten darf. Das gilt auch für dich, Markus!«
»Du bist wirklich ein freches Küken!« Stiebinger lachte herzlich. »Die Software-Ingenieure von Gigaplex-America schäumen vor Wut über dich. Natürlich werde ich dich nicht verraten. Ich habe mich selten so amüsiert.«
»Danke. Und was willst du dafür von mir?«
»Sei nicht so misstrauisch, junge Frau. Schließlich sitzen wir zwei im selben Boot. Wir sind beide Rebellen. Es stimmt, ich darf eigentlich nicht hier sein. Du aber auch nicht.«
»Stimmt nicht«, korrigierte Sonja. »Ich bin unter sechzehn und darf alle geheimen Orte in Mystery besuchen.«
»Diesen hier nicht.« Stiebinger schüttelte den Kopf. »Die Himmelsstadt ist zu gefährlich. Die Tunnels wurden damals nicht zugeschüttet, sondern nur sehr gut versteckt. Wir

haben nicht damit gerechnet, dass ein Superhacker wie du auftaucht.«

Sonja seufzte. Sie schrieb etwas auf ihre LCD-Tafel, löschte es aber wieder.

Markus Stiebinger nickte verständnisvoll. »Eichhörnchen, ich will dir nichts Böses. Ich habe bloß eine Bitte: Sei um Himmels willen vorsichtig bei deinen Klettereien! Und erzähle niemand etwas von unserem Gespräch. Wenn Gigaplex davon erfährt, bin ich erledigt.«

Sonjas verbissener Gesichtsausdruck wurde deutlich milder. Sie wusste genau, wie sehr Gigaplex auf Sicherheit Wert legte. Bei der Eröffnung des Parks warnten Zeitungen und Fernsehen ausführlich vor der Gefährlichkeit einer wilden Flusslandschaft. Die Kids wurden von Reportern und Journalisten belagert. Einige Reporter versuchten sogar, über die streng gesicherten Zäune zu klettern, nur um an eine Sensationsstory zu gelangen. Daraufhin baute Gigaplex ein Pressezentrum vor dem Eingang Ost. Dort bekamen Eltern und Presseleute alle Informationen über den Park. Dafür mussten sie aber die Parkbesucher in Ruhe lassen. Markus Stiebinger wusste genau, dass ein schwerer Unfall oder gar ein Todesfall die Schließung des Parks bedeuten könnte. Die Firma Gigaplex durfte sich keinen Fehler erlauben.

»Okay, Markus, ich verspreche dir, ich werde Acht geben. Und danke für deine Sorge um mich, ganz ehrlich!«

Stiebinger atmete sichtbar auf. »Da ist noch etwas ... Wie soll ich es sagen? Eigentlich führten mich drei Gründe zu dir: Neugier, Sorge und ...«

»Du brauchst meine Hilfe«, ergänzte Sonja und staunte über sich selbst. Einer der mächtigsten Männer der Welt sollte Hilfe von einem dreizehnjährigen, gehörlosen Mädchen brauchen?

»Stimmt haargenau«, bestätigte Markus zu ihrer Verblüffung. »Die Sache ist die ...« Er rieb sich verlegen den Bart. »Auch ich habe heimlich in den Computerdateien der Freaks herumgehackt. Dabei bin ich auf eine Botschaft gestoßen, die du als System-Maulwurf an Harald den Schrecklichen geschickt hast. In dieser Botschaft hast du Harald ein großes Geheimnis als Geschenk angeboten.«

»Ja und?«, erwiderte Sonja.

»Das Geheimprojekt Mount Olympus etwa?«

Sonja und Markus starrten sich lauernd wie Pokerspieler in die Augen.

»Könnte schon sein«, schrieb Sonja schließlich. »Was kann ich dafür, dass deine Ingenieure ihre Geheimnisse so schlampig verstecken? Harald ist mein Freund, und als System-Maulwurf mache ich ihm eine Menge Scherereien. Ich wollte den Ärger wieder wettmachen. Aber wenn es dir und Gigaplex nicht recht ist, vergesse ich die Sache.«

»Nicht nötig«, murmelte Markus. »Das Projekt ist abgeschlossen und längst genehmigt. Ich wollte es noch vor dem Winter für alle Parkbesucher öffnen.«

»Aber?«

»Kein Aber! Du machst dein Geschenk an Harald. Nur ... bitte, bitte lass mich mitspielen!«

Sonja lachte hellauf.

Markus streckte ihr die Hand entgegen. »Freunde, Rebellen und Verbündete?«

»Klar.« Sonja schlug in seine Hand ein. »Wann fangen wir an?«

»Am besten gleich. Meinst du, ich kann mich in den Aufzug zur Himmelsstadt quetschen?«
Sonja musterte Stiebingers lange Beine und grinste. »Nie und nimmer!«

Am ersten Wochenende nach Schulbeginn rief Erik seinen Bruder Harald aufgeregt in die Hauptzentrale im Verwaltungsgebäude Ost.
»Hacker-Alarm!«, schrie er atemlos. »Halte dich fest, Alter, der Maulwurf schickt dir ein E-Mail.«
»Schon wieder eine Botschaft vom Maulwurf? Wahnsinn! Druck es aus, mach schon!«
»Geht nicht. Der Superhacker hat alle Drucker abgeschaltet. Ich weiß nicht, wie er das anstellt, verdammt!«
Im nächsten Augenblick verschwand die Nachricht.
»Nein, nicht!«, stöhnte Erik. »Ich kann mir so was nicht auswendig merken.« Er packte seinen Bruder an den Schultern und schüttelte ihn. »Du weißt, dass ich so schlecht auswendig lerne.«
»Beruhige dich. Der Kerl will uns nur ärgern.«
»Aber da stand etwas von ... Nein, Sonja, nicht jetzt!«
Doch Sonja ließ sich nicht abwimmeln. Sie wedelte hartnäckig mit ihrer Computertafel. »Ich habe die Nachricht des Maulwurfs aufgeschrieben«, stand darauf zu lesen. »Ihr Zweifinger-Tippler wärt aufgeschmissen ohne mich.«
»Sonja!«, rief Erik und umarmte sie selbstvergessen. »Sonja, du bist ein Goldstück! Ja, ganz richtig, ohne dich wären wir aufgeschmissen.« Er strahlte. »Der Maulwurf gibt uns eine Chance. Wenn wir seine Rätsel knacken, so schreibt er, dann schließt er sich den Freaks an.«

»Interessant«, murmelte Harald. Er nahm Sonja die Tafel aus der Hand und las:

»An Harald den Schrecklichen und seine Freaks:
Ich, das Eichhörnchen, hoch in den hängenden Gärten, von euch Maulwurf genannt, habe das langweilige Spiel satt. Seit Operation Ferkel habt ihr so gut wie nichts unternommen, um mich zu finden. Meine Achtung vor eurer Phantasie schwindet.
Ich gebe euch eine letzte Chance, dieses Spiel zu gewinnen. Und nicht nur dies. Erweist ihr euch würdig und löst meine Rätsel, so wird euer Lohn märchenhaft sein. Dann wird nie mehr Winter sein in Mystery und niemand wird mehr frieren. Dann erst wäre ich stolz, selbst ein Freak zu werden.
Dieses ist die erste von sieben Aufgaben, die ich euch stelle: Geht nach Inselmeer und sucht dort die Weidenhütte, die man nur im Winter betritt. Betretet ihr sie noch vor der großen Kälte, so ist der erste Schritt in den ewigen Sommer getan.«

»Huch!« Erik verdrehte die Augen. »Der Kerl redet enorm verschnörkelt daher. Ich sage euch, der spinnt. Das ist doch offensichtlich.«

»Ja, ganz schön geschwollen«, sagte Harald. »Kennst du jemanden, der so redet?«

»Mir fällt niemand ein«, antwortete Erik. »Na, was ist, nehmen wir den Unsinn ernst?«

Harald sah sich um. Mehr als zwanzig Freaks hatten sich mittlerweile um ihn und Erik versammelt. »Was meint ihr dazu, Leute?«

Das begeisterte Gebrüll war Antwort genug.

»Worauf warten wir?«, rief Erik. »Auf nach Inselmeer!«

Inselmeer lag inmitten des größten Stausees von Mystery. Nur wenige Parkbesucher hatten es je gesehen, denn bei der gewaltigen Ausdehnung des Parks musste man einen halben Tag lang paddeln, um dorthin zu gelangen. Für die Freaks war das kein Problem. Sie benutzten einfach die U-Bahn. Achtundvierzig Mini-Inseln lagen im Inselmeer verstreut. Die meisten davon waren unterirdisch durch das Schienennetz verbunden.

Vor einigen Jahren hatte Gigaplex unzählige Weidenhütten auf Inselmeer und in ganz Mystery gepflanzt. Irgendwo hier musste das erste Geheimnis des Maulwurfs verborgen sein. Einzeln schwärmten die Freaks aus, um die Inseln zu durchforsten. Nach einer Stunde vergeblicher Suche trafen sich alle auf Corsar, Eriks Seeräubernest, zur Lagebesprechung. Zunehmend machte sich Enttäuschung und Ratlosigkeit breit. Die Beschreibungen der Jugendlichen glichen sich bis auf Kleinigkeiten: Einige Hütten, wie jene auf Eriks Insel Corsar, wurden regelmäßig von den Freaks gepflegt. Alle unbewohnten Hütten verwahrlosten und wucherten wild; einige wurden von Schlangen, Bisamratten oder anderen kleinen Tieren bewohnt. Der Lösung des Rätsels kamen sie damit nicht näher. Wo war die Weidenhütte, die man nur im Winter betrat?

»Der Maulwurf will uns bloß an der Nase herumführen«, vermutete Mario, Ziegenfreak, der neue Chief von Phantom. »Er hält sich wahrscheinlich den Bauch vor Lachen.«

»Das glaube ich nicht«, widersprach Harald. »Es passt nicht zum Maulwurf, ist nicht sein Stil.«

»Ganz meine Meinung«, bestätigte Erik. »Der Typ denkt in verschnörkelten, krummen Bahnen, wie ein Schachspieler. Es muss mehr dahinter stecken.«

»Dann biete gefälligst eine andere Lösung an«, fauchte Karlo, Chief der Technos, gereizt. »Ziegenfreak hat Recht. Der Maulwurf macht sich nur lustig über uns. Das ist ein Krimineller und ein Angeber, weiter nichts.«
»Kriminell?«, tippte Sonja erschrocken. »Aber es ist doch nur ein Spiel, Karlo. Ich finde, wir sollten das Ganze nicht so ernst nehmen, sondern das Abenteuer genießen.«
»Denken wir alle noch einmal nach«, schlug Lizzy vor. »Was haben wir bisher gefunden?«
»Gar nichts«, schnaufte Karlo. »Das ist ja das Übel.«
»Wir haben immerhin die Botschaft«, meinte Lizzy. Sie las vor: »›Geht nach Inselmeer und sucht dort die Weidenhütte, die man nur im Winter betritt. Betretet ihr sie noch vor der großen Kälte, so ist der erste Schritt in den ewigen Sommer getan.‹ Ich würde sagen, wir haben die ersten beiden Forderungen erfüllt. Wir sind im Inselmeer und suchen.«
»Aber gefunden haben wir nichts«, schimpfte Karlo. »Lass uns mit deinem Kleinmädchenspiel in Ruhe. Langsam reichts mir!«
»Ja, mir auch«, knurrte Harald. »Kater, du vergisst offenbar, mit wem du sprichst. Lizzy wurde zum Third-Super-User gewählt. Sie muss sich von dir nicht grundlos anschnauzen lassen.«
Sonja war bedrückt. Die Freaks stritten sich und sie war schuld daran. Sie wandte sich an Lizzy. »Du hast eine Idee, stimmts?«
»Idee ist vielleicht übertrieben. Ich versuche nur, mich genau an die Worte im Rätsel zu halten. Da wir die ersten beiden Forderungen erfüllt haben ...«
Erik nahm ihr den Notizblock ab und las: »›Betretet ihr sie

noch vor der großen Kälte, so ist der erste Schritt in den ewigen Sommer getan.‹ Wir sollen die Hütte betreten, steht da. Leute, habt ihr jede einzelne Hütte betreten? Seid ihr wirklich mittendrin gestanden?«
Nachdenkliches Gemurmel. Harald war der Erste, der zugab, dass er in eine der Hütten nur einen kurzen Blick geworfen hatte, weil sich im Inneren eine fette Ratte vor der Sonne verkroch.
»Ich bin in keiner Hütte wirklich drin gewesen«, murmelte Ziegenfreak. Er schüttelte sich vor Ekel. »Überall Spinnweben. Ich hasse Spinnen.«
»Na und?« Karlo winkte ab. »Das ist noch gar nichts. Bei mir war eine Hütte so sehr mit Wasser gefüllt, dass ich den Grund gar nicht sehen konnte. Da hat wieder jemand einen Keller ausgehoben; der Idiot hat nicht daran gedacht, dass die Hütte auf einer Insel wächst, hahaha!«
Eriks Augen glühten. »Das hast du bisher nicht erwähnt.«
»N-nein, ich …, ich hielt es nicht für wichtig«, stotterte Karlo unsicher.
»Die Weidenhütte, die man nur im Winter betritt …«, wiederholte Erik.
»Im Winter …, wenn das Wasser zu Eis gefroren ist«, ergänzte Sonja.
»Das ist es!« Harald jubelte. »Kater, wo ist diese Insel?«
Der Chief zog ein zerknülltes Blatt aus der Hosentasche und studierte es. »Hier.« Er zeigte ostwärts, auf ein Eiland in direkter Nachbarschaft zu Corsar. »Kaum einen Steinwurf entfernt. Die Insel hat keinen Namen.«
»Wir taufen sie ›Karlos Schande‹«, entschied Harald. »Immerhin hast du unsere Lizzy beleidigt, Kater.«
Karlo senkte den Kopf. »Entschuldige, Wildkatze.«

Lizzy umarmte ihn wortlos. Sie waren zu gute Freunde, um einander lange böse zu sein.
Gemeinsam brachen sie zu der geheimnisvollen Insel auf. Die Weidenhütte auf »Karlos Schande« bot wahrlich einen traurigen Anblick; sie war völlig verwahrlost. Der Wassertümpel im Inneren sah nicht gerade einladend aus.
Schaudernd streckte Harald die Hand ins eiskalte Wasser. »Wir müssen die Hütte betreten. Also, nichts wie rein ins Vergnügen! Ich fürchte, das ist weniger ein Schritt in den ewigen Sommer als ein Sprung in den frostigen Winter.«
»Wir zünden ein Feuer an, damit du dich nachher aufwärmen kannst«, tröstete Lizzy. »Ich kümmere mich darum.«
»Na dann ...«
Harald wollte sich ausziehen, doch Karlo hielt ihn zurück. »Moment, ich übernehme das, damit ich heute wenigstens *eine* Heldentat vollbringe.«
»Aber gerne. Wenn du darauf bestehst.« Harald grinste.
Mit zusammengebissenen Zähnen ließ sich Karlo ins eiskalte Wasser gleiten. Die anderen beobachteten ihn gespannt.
»Na, was ist? Schon etwas entdeckt?«
Karlo antwortete nicht. Seine Hände tasteten in der trüben Brühe. Dann holte er tief Luft und tauchte unter. Einige Sekunden später kam er prustend hoch. In der Hand hielt er eine rote Plastikboje. Die Freaks jubelten.
Während Karlo bibbernd am Feuer saß und die Bewunderung seiner Freunde genoss, zerschnitt Harald bereits die Plastikhaut der Boje mit seinem Taschenmesser. Zum Vorschein kam eine Computerdiskette, unversehrt und völlig trocken.
Erik riss seinem Bruder den Schatz aus der Hand. Gespannt beugten sich die Freaks über ihn, als er die Diskette in sei-

nen Laptop einschob. Auf dem Bildschirm erschien die Botschaft des Superhackers:

»Das Eichhörnchen an die Freaks:

So nehmt ihr also meine Herausforderung an? Ihr werdet es nicht bereuen. Viele Geheimnisse und Schätze liegen in Mystery verborgen. Ich fand sie auf meinen Reisen, tief verborgen in Dateien, versteckt und verschlüsselt in den Hardware-Türmen von Gigaplex.

Mir aber, dem Eichhörnchen, hoch in den hängenden Gärten, alles sehend, können sie nicht verborgen bleiben. Dem Beweis, dass dies die reine Wahrheit ist, sei das zweite Rätsel gewidmet. Denkt über folgende Zeilen nach:

Die Weidenhütte, die man nur im Winter betritt, ist einsam. Mit ihrer Mutter sollt ihr sie wieder vereinigen. Wenn dies erreicht ist, gebt ihr von der Mutterbrust zu trinken. Zum Dank wird sie jeden wärmen, der sie danach betritt. Der ewige Sommer wird einen Schritt näher rücken. Die Mutter aber spaltete sich einst von Afrika und Europa ab, und so verlor sie auch ihr jüngstes Kind.«

»Schluck!«, kommentierte Harald. »Erik, du hattest Recht – der Maulwurf hat nicht alle Tassen im Schrank. Ich hoffe, unter euch ist ein zweiter Sherlock Holmes, denn sonst werden wir uns an dieser Nuss die Zähne ausbeißen.«

»Nicht unbedingt«, widersprach Erik. »Ich glaube nur, wir müssen dieses Rätsel verkehrt herum lösen.«

»Verkehrt herum?« Harald tippte sich an die Stirn.

»Erik hat Recht!«, rief Lizzy. »Und ich habe schon eine Teillösung. Wer spaltete sich einst von Afrika und Europa ab?«

»Du wirst noch Klassenbeste«, lobte Erik. »Ja, ich bin auf denselben Gedanken gekommen. Diesmal hat uns der Maulwurf einen klaren Hinweis gegeben. Langsam gewöhne ich mich an seine verschnörkelte Sprache. Das wird noch ein Riesenspaß, Leute!«
Harald trommelte mit den Fingern. »Will mein superschlauer Bruder endlich erklären, was das alles bedeutet?«
»Aber ja doch, Alter! Hättest du in Geschichte besser aufgepasst, dann wüsstest du, dass sich vor Millionen Jahren die Kontinente verschoben haben. Amerika spaltete sich von Asien und Europa ab.«
»Das ist nicht eindeutig bewiesen«, grollte Harald.
»Sei kein schlechter Verlierer. Natürlich ist in unserem Fall nicht das wirkliche Amerika gemeint, sondern …«
»… Mikromerika«, ergänzte Harald.

Mikromerika ist die größte Insel in Mystery-Park. Sie misst sieben Kilometer in der Länge und wurde genau dem amerikanischen Kontinent nachgebildet. Auf Mikromerika liegt der Zentralbahnhof der U-Bahn. Ganz in der Nähe des Bahnhofs wächst auch Lizzys Weidenhütte, die von ihr »Kalifornien« getauft wurde.

»Wenn Mikromerika die Mutter ist«, vermutete Harald, »dann ist diese Weidenhütte das verlorene Kind.« Er umkreiste die Hütte. »Der Maulwurf schreibt: ›Mit ihrer Mutter sollt ihr sie wieder vereinigen.‹ Aber wie zum Kuckuck bringt man eine Weidenhütte von hier nach Mikromerika?«

»Abschneiden?«, murmelte Mario.

»Schlau, Ziegie, sehr schlau!« Harald verdrehte die Augen. »Und dann? Willst du den Haufen Zweige irgendwohin auf den Boden werfen und warten, was geschieht?«

»Die Hütte verdorrt, wenn man nicht jeden einzelnen Weidenstock samt Wurzeln ausgräbt«, erklärte Lizzy. Sie kannte sich mit der Pflege von Weidenhütten bestens aus.

»Immerhin«, sagte Harald, »wäre das eine Lösung. Solche Verpflanzungen wurden in Ostende schon gemacht. Wir verfrachten die ganze Hütte nach Mikromerika.«

»Und wohin genau?«, fragte Erik. »Das passt nicht zusammen. Sonja, gib mir mal die Übersichtskarte von Mikromerika und Inselmeer. In der Schule haben wir gelernt, dass der amerikanische Kontinent auffallend genau mit der Kontur von Afrika und Europa zusammenpasst – wie ein Riesenpuzzle. Wenn ich mir die Form von Mikromerika genauer ansehe, entdecke ich ebenfalls das fehlende Puzzleteil.«

»Na klar!« Lizzy klatschte in die Hände. »Mir ist das längst aufgefallen. Von Klein-Amerika fehlt ein Stück. Und zwar ganz in der Nähe meiner Hütte, in der Bucht von Kalifor-

nien.« Aufgeregt deutete sie auf die Karte. Wo sich im Atlas die Halbinsel Kalifornien befände, klaffte eine Kerbe im amerikanischen Kontinent. Lizzy nannte die Stelle »ihr persönliches Badezimmer«, weil dort sonderbarerweise die Ufer mit Fliesen ausgelegt wurden.
»Wie bitte, Fliesen?«, wiederholte Erik. »Davon hast du uns nie erzählt.«
»Ich habe eben meine kleinen Geheimnisse«, erklärte Lizzy.
»Und ich«, ergänzte Karlo zerknirscht, »muss künftig öfter den Mund aufmachen. Leute, ich glaube, ich habe mal wieder etwas zu erwähnen vergessen: Das Wasserloch in der Weidenhütte hat einen sehr glatten Steinboden. Fühlt sich fast wie Fliesen an.«
Auf der Stelle überprüfte Erik das Wasserloch. Danach hüpfte er ein paarmal auf und ab. Zufrieden setzte er sich wieder ans Feuer. »Eindeutig Steinfliesen! Was sagt euch das?«
»Dass zwischen meinem Badezimmer auf Mikromerika und dieser Insel ein Zusammenhang besteht«, vermutete Lizzy.
»Offensichtlich.« Erik grinste. »Wer von euch meldet sich freiwillig zu einem Tauchgang?«
Auch diesmal blieb der Job an Karlo hängen. Erik erklärte dem Freund, welchen Verdacht er hatte und wonach Karlo Ausschau halten sollte. Die anderen lauschten fasziniert und wurden immer nervöser.
Als Karlo nach dem ersten kurzen Unterwasserausflug auftauchte, war er außer sich vor Begeisterung. »Leute, das ist irre! Ich bin unter der Insel durchgetaucht. Die ganze Insel schwimmt. Und der unter Wasser liegende Teil ist mit Steinfliesen ausgekleidet. Ein paar Ankertaue habe ich auch gesehen. Man kann die Knoten ganz leicht lösen.«
Sonja klatschte. »`Das ist es!`«, tippte sie auf ihren

Laptop. »Ich habe es gewusst! Wenn einer dieses Rätsel lösen kann, dann du, Erik! Mensch, du bist ein Ass!«

Harald bekam einen Hustenanfall, als er Sonjas Lobgesang auf Erik las. »Hör mal, du Schlaumeier, könntest du uns, den weniger Klugen, erklären, wie das funktionieren soll? Wir stehen auf einer schwimmenden Insel? Dann müsste der Boden unter uns hohl sein.«

»Ja, das muss er wohl«, bestätigte Erik. Er buddelte mit bloßen Händen im Sand. Es dauerte nicht lange, bis er auf eine Betonplatte stieß. »Ein Hohlraum aus Beton, wie vermutet. Ob man irgendwo reinkriechen kann?« Eifrig grub er weiter.

»Lass den Blödsinn!«, schimpfte Harald. »Wichtig ist nur, dass wir die Insel so schnell wie möglich nach Mikromerika bringen. Vielleicht können wir sie mit den Elektrobooten abschleppen.«

Überall in Mystery-Park hatte Gigaplex Geheimverstecke angelegt. In sechs davon hatten die Freaks nagelneue, pfeilschnelle Elektroboote vorgefunden.

Einige machten sich sofort auf den Weg. Die anderen halfen Karlo beim Lösen der Ankertaue.

Lizzy hielt es am längsten im eiskalten Wasser aus. Peinlich genau untersuchte sie die Seitenwände der Insel. Tauchend umkreiste sie das ganze Eiland, bis ihr Harald androhte, sie übers Knie zu legen, wenn sie nicht auf der Stelle herauskam und sich aufwärmte. Als sie endlich am Feuer saß, lachte sie nur stillvergnügt und geheimnisvoll vor sich hin.

Die Sonne stand bereits tief, als die sechs Boote mit der schweren Insel im Schlepptau Mikromerika erreichten. Ro-

te Warnlichter an Bord meldeten, dass die Stromreserven der Akkus fast verbraucht waren.
Jetzt erst gab Lizzy ihr letztes Geheimnis preis. Sie zeigte ihren Freunden eine getarnte Klappe an der Seitenwand ihres »Badezimmers«.
»Sieht aus wie der Anschluss eines Feuerwehrhydranten«, vermutete Harald, als er die großen Ventile und die Schläuche betrachtete. »Davon gibt es hunderte in Mystery.«
»Für Aufgaben der Feuerwehr sind die Technos zuständig!«, rief Karlo. »Lasst mich mal ran.«
Karlos Vater war der oberste Feuerwehrhauptmann der Stadt. Auch Karlo interessierte sich für alles, was mit Brandschutz zu tun hatte. Er kannte sämtliche Wasseranschlüsse, alle ferngesteuerten Löschanlagen und Notrufsäulen von Mystery, und er konnte sie auch bedienen. Diese Anlage aber war ihm neu.
»Zwei Wasseranschlüsse, das ist klar. Dazu ein Druckluftventil und ein Teleskoprohr mit Kugelgelenken. Nun ja, ein Feuerwehrterminal ist das jedenfalls nicht.«
»Nein, es ist eine Mutterbrust«, erklärte Lizzy. Sie deutete auf die Textstelle im Rätsel des Eichhörnchens: »Die Weidenhütte, die man nur im Winter betritt, ist einsam. Mit ihrer Mutter sollt ihr sie wieder vereinigen. Wenn dies erreicht ist, gebt ihr von der Mutterbrust zu trinken.«
»Oha!«, rief Harald. »Du meinst, man kann die Insel an die Schläuche anschließen?«
»Hundertprozentig! Ich habe die Anschlüsse auf der Insel schon gefunden. Sie liegen offen da, nur leider unter Wasser. Das heißt, ich muss wieder tauchen.« Sie schüttelte sich bei dem Gedanken.

»Heute nicht mehr«, wehrte Harald ab, »du holst dir sonst noch den Tod. Morgen ist auch ein Tag.«
Erik protestierte. »Wir verlieren bloß unnötig Zeit.«
»Morgen!«, wiederholte Harald in schärferem Ton.
Die beiden Brüder sahen sich mit blitzenden Augen an.
Erik verlor das stumme Duell, wie meistens. Scheinbar gleichgültig zuckte er die Schultern. »Na gut, soll mir auch Recht sein.«
»Der Maulwurf«, erklärte Harald an die anderen gewandt, »ist ein schlauer Kopf und seine Ideen sind Superklasse. Das heißt allerdings keineswegs, dass wir nach seiner Pfeife tanzen müssen. Am besten, wir gehen jetzt nach Hause. Und du, Wildkatze, nimmst ein heißes Bad. Denkt daran: wer sich erkältet, kann nicht weiter mitmachen. Wir treffen uns hier morgen um acht. Bringt Tee und warme Decken mit.«
»Zu Befehl, Herr General!«, spottete Erik.
Die anderen wussten, die beiden Brüder meinten es nie richtig ernst mit ihren Streitereien. Im Grunde hielten sie wie Pech und Schwefel zusammen. Aber alle befolgten Haralds Ratschläge. Niemand wollte den Fortgang des Rätselspiels versäumen. Um nichts in der Welt!

Der nächste Tag begann mit einer Mutprobe. Jetzt im Frühherbst war es in den Morgenstunden empfindlich kalt.
Sonja maß die Wassertemperatur mit einem Badethermometer. »Dreizehn Grad. Gerade mal richtig zum Aufwachen.«
»Puh, ja, erfrischend!«, bestätigte Karlo, während er sein Bein schleunigst aus dem Wasser zurückzog. »Vielleicht bitten wir Gigaplex um Taucheranzüge? – He, spinnst du!« Ein eiskalter Schwall traf ihn, als Lizzy ins Wasser sprang.

»Lizzy die Verwegene!«, rief Harald und sprang ebenfalls.
»Lizzy die Wahnsinnige«, flüsterte Karlo. Verärgert warf er einen Seitenblick auf Erik: Typisch, der Kerl drückte sich vor der Dreckarbeit.
Erik tat, als arbeitete er intensiv am Computer.
Der Chief watete knieweit ins Wasser. Unter vielen »Ahs!« und »Ohs!« ließ er sich schließlich hineingleiten.
Währenddessen zerrten Lizzy und Harald bereits an den Schläuchen. Nach Haralds Anweisungen legte sich die »Bodenmannschaft« kräftig ins Zeug. Mit dicken Seilen zerrten sie die Insel in optimale Position.
»Nein, nein, zuerst das Teleskoprohr!«, prustete Karlo, nachdem er sich die Sache unter Wasser genauer angesehen hatte. »Wildkatze, siehst du den Rohranschluss?«
In penibler Kleinarbeit gelang es, das Teleskoprohr an der Insel festzumachen. Die Wasser- und Druckluftschläuche waren danach nur noch ein Klacks.
Erschöpft und blau gefroren hockten die tollkühnen Eisschwimmer schließlich bei warmem Tee am Feuer, während die anderen die Insel verankerten.
»U-und w-was nun?«, fragte Lizzy zähneklappernd.
»Was wohl?« Harald grinste. »Wir halten uns genau an den Rätseltext. Geben wir dem Baby zu trinken. – He, Erik, was ist? Wir warten!«
Wie ausgemacht öffnete Erik zuerst den Schieber des Teleskoprohrs. Er nickte zufrieden, als er ein lautes Plätschern und Glucksen hörte.
Gespannt beugte sich Harald über das Steinbecken in der Weidenhütte. Der Wasserspiegel sank. Es dauerte keine zwei Minuten, bis der Rest des Wassers in ein großes, mit groben Drahtmaschen gesichertes Loch abfloss. Er stieg in

das leere, kreisrunde Becken. Am Grund, verborgen in einem zweiten Loch, schimmerte es verdächtig rot.
»Wasser aufdrehen!«, rief er voreilig, noch ehe er sich in Sicherheit gebracht hatte.
Sein Bruder fackelte nicht lange und öffnete das Ventil. Ein dicker Wasserschwall spritzte aus dem Loch und presste dabei eine rote Boje heraus. Der Wasserdruck ließ diesen »Verschlusspfropfen« wie einen Sektkorken an die Decke der Weidenhütte knallen.
»Blöde Idee!«, schimpfte Erik. »Wenn wieder eine Diskette drinsteckt, ist sie jetzt im Eimer.«
»Ach, die Diskette könnte beschädigt sein! Und um mich sorgst du dich gar nicht!«, entrüstete sich Harald. Er stand im Becken, bis zu den Knien im steigenden Wasser.
»Na, was ist?«, erkundigte sich Karlo verwirrt. »Willst du nicht rauskommen?«
»Fällt mir gar nicht ein«, wehrte Harald ab. Er grinste breit. »Na los, öffnet das Druckluftventil.«
Jetzt erst bemerkte Erik die feinen Dampfschwaden, die aus dem Becken stiegen. »Ich werd verrückt! Ist das Wasser etwa warm?«
»Du merkst auch alles. Es muss hier einen Heizkessel geben – ein versteckter Nebenraum im U-Bahn-Netz vielleicht. Leute, es ist echt angenehm hier drin, wirklich.«
Während Erik und Sonja die sorgsam in Watte verpackte Diskette mit der Botschaft des Maulwurfs bargen, aalten sich die anderen in dem Heißwasser-Whirlpool.
»Du hast ein Luxusbadezimmer auf Mikromerika«, meinte Harald an Lizzy gewandt. »He, Wildkatze, was ist? Du machst ein Gesicht, als hättest du drei Monate Stubenarrest bekommen. Freust du dich nicht?«

»Aus ist es mit meiner Ruhe auf Mikromerika!«, grollte Lizzy. »Hunderte werden kommen, um sich in dem Whirlpool zu vergnügen. Ich werde meine Hütte aufgeben müssen.«
»Nicht doch!«, beschwichtigte Harald. »Nur die Freaks wissen davon. Ich bin sicher, deine Freunde fragen dich vorher, wenn sie das Bad benutzen wollen. Stimmts, Leute?«
Alle versprachen es. Niemand wollte mit der temperamentvollen Lizzy Streit haben.
»Wir sollten uns bei dem Maulwurf bedanken«, schlug Erik vor. »Der Ärger, den er uns dauernd einbrockt, soll mit diesem Geschenk vergeben und vergessen sein.«
»Der Rätselspaß ist noch nicht zu Ende«, erinnerte Harald. Mittlerweile hatte Sonja die Daten der Diskette auf Eriks Laptop geladen. Mit dieser neuen Botschaft konnte niemand auf Anhieb etwas anfangen. Eine bunte Landkarte von Mystery-Park erschien auf dem LCD-Schirm, ausgeschmückt mit vielen streng geheimen Verstecken und Informationen, von denen bisher nur die Super-User wussten. Darüber stand groß der Text:
»Das Eichhörnchen an die Freaks:
Ihr wähnt euch bereits dem ewigen Sommer nahe? Es sei euch gegönnt. Gerne belohne ich jene, die ihre Phantasie nutzen und mich in meinem Spiel erheitern. Denn hoch in den hängenden Gärten, alles sehend, amüsiere ich mich über euch. So denkt über folgende Worte nach:
Wie alt wirst du werden, First-Super-User Harald? Und wie lange wird dein Bruder um dich trauern? Die Antwort liegt im Uhrzeiger verborgen, genau in der Wespentaille.«
»Uff!«, machte Harald, und Erik runzelte die Stirn.

Sosehr sie sich auch bemühten, sie lösten dieses Rätsel nicht an diesem Tag, auch nicht in dieser Woche, in diesem Monat. Insgeheim hofften sie auf einen weiteren Hinweis des Maulwurfs. Doch das Eichhörnchen schwieg.

Der Wilddieb

Im äußersten Süden von Mystery gab es eine kleine Insel, »Biberkolonie« genannt. Gigaplex-Germany siedelte dort diese – in Europa selten gewordenen – Tiere wieder an. Sie gediehen prächtig.
Der Fluss war in diesem Bereich äußerst lebhaft und reißend. Der Au-Dschungel wucherte so dicht wie sonst nirgendwo in Mystery. Am Ufer gab es keine Wege oder Pfade. So war es nicht verwunderlich, dass sich nur selten jemand auf die Reise dorthin machte. Einzig Mario, Ziegenfreak, Chef von Phantom, besuchte manchmal einen Ort in der Nähe: die Ziegeninsel.
Marios Insel lag südlich vom Kap Hoorn Mikromerikas. Ziegie beobachtete gern die drolligen wilden Zwergziegen und sie fraßen ihm ohne Scheu aus der Hand. Außer Mario wollte niemand eine Hütte auf der Ziegeninsel bewohnen – möglicherweise aus Geruchsgründen.
Zwischen der Ziegeninsel und der Biberkolonie lag ein Fleckchen Erde, mitten im Fluss. Dieses Eiland, die Bärlappinsel, war wohl der einsamste Ort von ganz Mystery. Eben deshalb wählte sie Daniel der Tapfere als Versteck.
Bei seiner Ankunft fand Daniel dort zwei Weidenhütten. Sie waren völlig verwildert, da sich niemand um sie kümmerte. In einer der Hütten baute der Junge sein Zelt auf: das Ge-

schenk seines Paddlerfreundes Markus. Daniel wollte gar nicht darüber nachdenken, wie hilflos er ohne die Ausrüstung aus dem Kanu wäre.

Die Bärlappinsel ließ sich in drei große Bereiche aufteilen: Im Norden lag der Waldteil mit hohen, für Mystery außergewöhnlich alten Bäumen. Ab der Inselmitte wich der Humusboden einer Kiesbank, auf der sich ein großer Haufen Schwemmholz ansammelte – für Daniel ein kostbarer Schatz. Im Süden der Insel fand er einen stillen Grundwasserteich, kaum drei Meter im Durchmesser; dichtes Unterholz umgab die kleine Lichtung, auf der Daniels Weidenhütte wuchs. Und eine uralte Weide, vielleicht die älteste von ganz Mystery, beschattete das Teichufer. Die Enten, die hier gerne rasteten, beachteten den Jungen so lange nicht, bis dieser anfing sie zu jagen und zu braten. Bald lag der stille Teich verlassen da.

Eines Tages brachte Lizzy eine Ente in das Erste-Hilfe-Zimmer der Freaks. Im linken Flügel des Tiers steckte ein Pfeil. Das Erste-Hilfe-Zimmer war eine Idee von Christine, Spitzname »Haselmaus«.

Sie war ein freundliches, klein gewachsenes Mädchen mit Brille und kastanienbraunen Haaren. Ausnahmslos alle im Park verehrten sie. Wenn sich jemand in Mystery verletzte, wurde sofort nach Christine gerufen. Jeder, ob Mensch oder Tier, fand bei ihr Hilfe und Trost.

Empört erzählte nun die Haselmaus ihrem Freund Ziegenfreak von der angeschossenen Ente.

Ziegie gähnte gelangweilt. »Alle Besucher von Mystery dürfen innerhalb des Parks fischen und jagen. So steht es in den Regeln der Freaks«, brummte er.

Auch als sich die Meldungen über angeschossene oder durch Steinwurf verletzte Tiere häuften, schritt Mario nicht ein. Erst im Herbst, als Ziegie die Überreste einer seiner geliebten Wildziegen entdeckte, beschäftigte sich der Chief von Phantom ernsthaft mit dem Problem.

Wutschnaubend rief er die Super-User und die Anführer der Freaks zur Beratung.

»Ich sage euch, Freunde, damit muss Schluss sein!«, rief er und schlug mit der Faust so heftig auf den Tisch, dass der Monitor des Computers flimmerte.

»Hm.« Harald wiegte unschlüssig den Kopf, was Ziegie noch wütender machte. »›Jeder Besucher von Mystery darf innerhalb des Parks fischen und jagen‹«, las Harald aus den Parkregeln vor.* »Weiter heißt es in den Regeln: ›Handelt jedoch nicht leichtfertig, sondern überlegt gut, bevor ihr ein Tier tötet. Niemand kann es wieder zum Leben erwecken. Wer Tiere quält und absichtlich Haustiere oder geschützte Arten tötet, ist ein abscheulicher Wurm. Er braucht sich im Park gar nicht mehr blicken zu lassen.«

»Na also«, rief Ziegie, »also forschen wir den Tierquäler aus und jagen ihn zum Teufel!«

»Langsam«, beschwichtigte Harald. »Jagd gilt nicht als Tierquälerei. Und ich weiß nicht recht, ob man wilde Ziegen als Haustiere bezeichnen kann. Jedenfalls ist die Ziege ganz sicher keine geschützte Tierart.«

»Das ist doch die Höhe! Seit wann sind Ziegen keine Haustiere?«

»Sie leben frei und wild auf der Insel, ohne Dach über dem Kopf«, gab Harald zu bedenken.

»Im Winter werden sie von Freiwilligen gefüttert«, ergänzte Erik nach einem Blick auf den Bildschirm des Computers.

*Siehe Anhang 1: Regel 6 der Parkgesetze

»Eindeutig Haustiere, sag ich doch«, bekräftigte Mario. Harald nickte, aber er war noch nicht völlig überzeugt. »Nun gut, wenn die Ziegen Haustiere sind, dann hat jemand die Regeln von Mystery gebrochen. Was wird Phantom in dieser Sache unternehmen?«

»Oh, alles Mögliche ... Ich meine, Ermittlungen einleiten, Leute befragen, die Gegend durchkämmen ...«

»Hört sich nach Razzia an.« Erik verkniff sich das Lachen. »Ziegie, meinst du nicht, dass du übertreibst? So viel Aufwand wegen einer Ziege?«

»Ich hör wohl nicht recht!«, empörte sich Mario. »Das arme Tier hat niemandem etwas zuleide getan. Es war zahm und zutraulich.« Er schluckte.

»Es ist eine Schweinerei, da sind wir alle deiner Meinung«, sagte Lizzy. »Erik hat es bestimmt nicht so gemeint.«

Der Second-Super-User duckte sich unter ihrem Blick. »Natürlich nicht«, versicherte er schnell. »Ich wollte nur sagen ..., äh, wäre ein versteckter Wachposten auf der Zieheninsel nicht sinnvoller als eine Großrazzia?«

»Das hatte ich ohnehin vor«, grollte Mario. »Ich werde das persönlich erledigen. *Ich* ziehe nämlich keinen Kriminalfall ins Lächerliche.«

Er knallte die Tür hinter sich zu. Harald, Erik und Karlo kicherten; sogar Sonja und Christine grinsten vor sich hin.

»Ihr solltet euch schämen!«, schimpfte Lizzy. »Hattet ihr nie ein Haustier? Die Ziegen sind seine Freunde. Aber solche Gefühle sind euch offenbar fremd, ihr Barbaren.« Sie stand auf und lief Ziegie hinterher.

»Lizzy die Verwegene entwickelt sich zur Gefühlstante«, murmelte Erik.

Sonja sah betroffen aus. Auf ihrem Bildschirm erschienen

die Worte: »Sie wird älter, gewöhnt euch daran. Mädchen handeln eben oft nach ihren Gefühlen.«
»Du meinst, das wird noch schlimmer?«, fragte Harald. »Meine Wildkatze soll sich tatsächlich in ein zahmes Schnurrekätzchen verwandeln?«
»Sagtest du eben: d-e-i-n-e Wildkatze?«, tippte Sonja. Ihre Augen leuchteten vor Vergnügen. »Du wirst dich noch wundern. Ich garantiere dir, Mädchen können alle Register ziehen: von sanft und empfindsam bis temperamentvoll und reizbar.«
»Na, du musst es ja wissen.« Harald war belustigt.
Erik sagte gar nichts. Nachdenklich betrachtete er Sonja, die plötzlich verlegen blinzelte.
Sie verabschiedete sich hastig. Als sie die Tür hinter sich schloss, spürte sie noch immer Eriks Blick.
»Was musste ich so vorwitzig sein!«, dachte sie verärgert. »Jetzt ist sein Verdacht geweckt. Ich muss in Zukunft doppelt aufpassen.«

Während sich Ziegie und seine Phantome auf die Jagd nach dem Wilderer machten, saß Daniel missmutig am Lagerfeuer. Aus dem letzten Rest der getrockneten Wildkamille hatte er Tee zubereitet. Von nun an musste er mit wilder Minze und Hagebutten auskommen, doch Pfefferminztee wirkte nicht so gut gegen den Husten wie Kamille. Und Daniels Husten wurde schlimmer, seit die Nächte zunehmend kälter wurden.
Der Herbst verdrängte den Altweibersommer. Am Morgen hatte zum ersten Mal Raureif auf Gräsern und Blättern geglänzt; Nebelfetzen trieben geisterhaft über das Wasser. Wenn Daniel den Winter lebend überstehen wollte, musste

er jetzt Vorräte sammeln. Hoffentlich konnte er auch im Winter Fische fangen.
Fische! Seit fast zwei Monaten bestand sein Speiseplan hauptsächlich aus ungewürztem Fisch. Forelle gekocht, Forelle gebraten, Forelle gedünstet ... brr! Er schüttelte sich bei dem Gedanken. Die Enten boten anfangs noch Abwechslung. Doch seit sie die Insel mieden, musste er sich mit ein paar mageren Tauben begnügen. Daniels Schießkünste reichten selten aus, die kleinen Vögel zu treffen. Mit seinem primitiven Weidenbogen und den feuergehärteten Pfeilen gelangen ihm kaum Erfolge. Zwar probierte er sein Jagdglück auch mit selbst gebastelten Fallen – doch wie viele Tiere lebten schon auf einer Insel im Fluss? Die Bisamratten, die ihm in die Falle gingen, verschmähte er – was er hinterher bereute.
So dehnte Daniel seine Jagdzüge immer weiter aus. Er jagte vor allem nachts. Von Insel zu Insel paddelte er, von Biberkolonie über Mikromerika bis an die Grenzen zu Aurora. Überall plünderte er die Brombeer- und Haselsträucher, sammelte Bucheckern und Pilze. Zu guter Letzt schlachtete er eine Zwergziege. Das Tier tat ihm Leid, doch es war die erste Beute, von der er eine ganze Woche lang leben konnte. Das Wasser lief ihm im Mund zusammen, als er an das Fleisch dachte. Er beschloss einen weiteren Jagdzug auf der Ziegeninsel.
An einem Samstagmorgen, gleich nach dem Frühstück, brach Daniel auf. Es war sein Glück, dass Mario am Wochenende lange schlief. Und es war ein Riesenglück, dass Daniel inzwischen reichlich Jagderfahrung gesammelt hatte. Er überstürzte nichts mehr; stets beobachtete er seine Beute, bevor er sich für den Angriff entschied.

Gut versteckt lauerte der Jäger im Gestrüpp. Er hatte den Bogen bereits gespannt, da kippte unvermutet ein Weidenstrauch um.
Eine Falltür öffnete sich und heraus trat ein schlaksiger braunhaariger Junge, ausgerüstet mit Rucksack und Fernglas. Daniel erschrak so sehr, dass ihm beinahe der Pfeil von der Sehne geschnellt wäre.
Mario, Ziegenfreak, bemerkte ihn nicht. Mit dem Codegeber am Gürtel verschloss er die Tür zum U-Bahn-Tunnel. Danach kletterte er pfeifend auf seinen getarnten Hochsitz, wo er seinen Rucksack entleerte und ausgiebig frühstückte. Ab und zu setzte er das Fernglas an die Augen, um die Umgebung abzusuchen.
Lange Zeit lag Daniel reglos in seinem Versteck, bis er begriff, dass der fremde Junge nicht hinter den Ziegen her war. Er wollte etwas anderes fangen: ihn, den Wilderer! Vorsichtig zog sich Daniel zurück.
Das Kanu ankerte am Südende der Insel. Er verließ sich auf den Sichtschutz der Bäume und auf die Tarnfarbe des Bootes. So lautlos wie möglich paddelte er gegen die Strömung. Noch immer knurrte sein Magen.
Wenigstens wusste er jetzt, dass er gejagt wurde. Die Falltür ging ihm nicht mehr aus dem Sinn. Er konnte nur hoffen, dass es auf seiner Wohninsel keine Geheimtüren gab.
Erst nach Sonnenuntergang wagte er sich wieder auf die Ziegeninsel. Die Tiere schliefen und waren eine leichte Beute. Daniel zog dem erlegten Tier den Balg ab, waidete es aus und beseitigte so gut es ging alle Spuren.
Noch in derselben Nacht briet er das Fleisch auf der Ziegeninsel. Von nun an wollte er das Zelt jeden Morgen abbauen und den Tag auf Nahrungssuche verbringen.

Mario tobte, als er am nächsten Tag die verräterischen Spuren bemerkte. Wieder fehlte eine Ziege und die Tiere wirkten völlig verstört. Mario informierte seine Phantome. Gemeinsam durchsuchten sie die umliegenden Inseln und Uferbereiche, von Biberkolonie bis Mikromerika.
Die Bärlappinsel erwies sich als unverdächtig. Sie fanden dort weder Knochen noch irgendwelche Spuren.
»Denk mal logisch nach«, forderte er Lizzy bei einem ihrer Gespräche auf. »Der Wilddieb erscheint nachts auf der Ziegeninsel. Nachts, obwohl man mit dem Boot stundenlang unterwegs ist. Das bedeutet, der Halunke schlägt sich die ganze Nacht um die Ohren.«
»Er muss tagsüber zur Schule«, ergänzte Lizzy. »Soll ich mich in den Klassen umhören, wer oft gähnt und unausgeschlafen wirkt?«
»Quatsch! Dann wäre mindestens die Hälfte aller Schüler verdächtig. Nein, ich vermute etwas anderes. Der Täter benutzt die U-Bahn.«
Lizzy erschrak. »Nur die Freaks wissen von dem U-Bahn-Netz. Glaubst du im Ernst, ein Freak ist der Täter?«
»Es gibt Hinweise – Indizien. Du weißt, jeder Besucher wird beim Eintritt in den Mystery-Park vom Computer gespeichert, ebenso beim Verlassen des Parks.«
»Eine Sicherheitsmaßnahme«, bestätigte Lizzy, »falls jemand vermisst wird.«
»Genau. Heute Morgen habe ich die Besucherlisten durchgesehen. Die letzte Ziege wurde in der Nacht zum Sonntag getötet; als ich am Samstag um achtzehn Uhr die Insel verließ, war sie noch am Leben.«
»Ja und?«
»Die letzte Besucherin, unsere Haselmaus, ging um einund-

zwanzig Uhr zehn nach Hause. Frühaufsteher Erik schlurfte am Sonntagmorgen um halb sechs als Erster an seinen geliebten Computer. In der Zwischenzeit war kein Mensch im Park. Niemand.«

»Soll das heißen, du hast Erik in Verdacht oder Christine?«

»Christine? Ach was! Die kann keiner Fliege was tun. Bei Erik war ich mir lange Zeit unsicher. Ich gebe zu, er war mein Hauptverdächtiger.«

»Jetzt nicht mehr?«

»Er hat ein Alibi. Schon um Viertel vor sechs kam Karlo in sein Büro und hat unseren Super-User dabei erwischt, wie er fluchend nach dem Getränkeautomaten trat.«

»Das sieht ihm ähnlich.« Lizzy kicherte. »Wenigstens kann es Erik nicht gewesen sein. Auf die Ziegeninsel fahren, ein Tier schlachten und wieder zurückdüsen, dazu reichen fünfzehn Minuten nicht.«

»Die Ziege schlachten und braten«, ergänzte Mario.

»Wie? Der Wilddieb hat sie auf der Ziegeninsel gegrillt? Das ist ein starkes Stück!«

»Kann man sagen. Der hat Nerven«, grollte Mario. »Erik scheidet in jedem Fall aus, denn er hat ein lückenloses Alibi. Er war bis halb neun am Abend im Verwaltungsgebäude Ost. Dafür gibt es Zeugen. Anschließend lud er uns zu sich nach Hause ein. Zu einer Pokerrunde. Hat bis kurz vor Mitternacht gedauert. Als guter Hacker wäre Erik theoretisch in der Lage, die Besucherlisten im Computer zu fälschen.«

»Ja, schon. Tatsache ist aber, dass man nicht in null Komma nichts eine Ziege zerlegen und grillen kann.«

»Sogar die Knochen wurden fein säuberlich vergraben«, empörte sich Ziegie.

»Wer war sonst noch bei der Pokerrunde?«

»Harald, Karlo und Sonja.«
»Sonja? Oha!«
»Ja, oha. Neuerdings interessiert sich Erik brennend für alles, was Sonja betrifft. Damit will ich aber keine Gerüchte in die Welt setzen.«
»Aber nein, selbstverständlich nicht.«
»Kommen wir zum Thema zurück. Laut Besucherliste war zur Tatzeit niemand im Park. Das bedeutet, jemand hat die Computerdaten gefälscht. Wer könnte so etwas tun?«
»Nur ein guter Hacker, ein Freak«, gab Lizzy zu. »Oder der Maulwurf. Hast du schon an den Superhacker gedacht?«
»Natürlich. Es gibt nur diese zwei Möglichkeiten: Der Täter ist ein Freak oder der Maulwurf höchstpersönlich.«
»Und was nun?«
»Ich kann nicht Tag und Nacht die Insel bewachen. Und nicht einmal meinen Phantomen darf ich in dieser Sache vertrauen.«
»Harald, Erik, Karlo und Sonja haben ein Alibi.«
»Die anderen lachen mich aus. Also, was ist? Hilfst du mir?«
»Logo. Aber wie?«
»Ich muss etwas bauen. Das wird Schwerstarbeit.«
»Na, dann mal los! Fangen wir an!«

Während der nächsten Tage schufteten Mario und Lizzy in jeder freien Stunde auf der Ziegeninsel. Vor der Feuerstelle des Wilddiebs hoben sie eine tiefe Grube aus. Mit Eimern schafften sie die Erde fort, um keine Spuren zu hinterlassen. In die Grube spannten sie ein feinmaschiges Netz.
Am Ende blieb Mario keine Wahl: Er bat Harald, Erik und Karlo um Hilfe. Zu fünft bogen sie eine junge Esche, bis die Baumkrone fast den Boden berührte. Mario installierte den

einfachen, aber genialen Auslösemechanismus. Danach stand die Generalprobe aus. Unter Ziegies Gewicht brachen die Zweige über der getarnten Fallgrube. Sofort schnellte der gebogene Baum hoch. Der Chief von Phantom strampelte, hilflos im Netz verstrickt, zwei Meter über dem Boden. Die anderen klatschten begeistert. Mit vereinten Kräften spannten sie erneut die Falle und tarnten die Grube nach bestem Können.

»In der Dunkelheit kann niemand etwas erkennen«, erklärte Mario.

»Und was machst du«, fragte Erik, »wenn nicht der Täter, sondern eine Ziege in das Loch tritt?«

»Die Ziege nimmt vorher Reißaus«, versicherte Mario. Er zog eine dicke Flasche mit gelblicher Flüssigkeit aus dem Rucksack.

»Was ist das denn?« Erik roch an der offenen Flasche und verdrehte die Augen.

»Hunde-Urin«, erklärte Ziegie stolz.

Seine Freunde suchten das Weite, als er das Zeug rund um die Feuerstelle verteilte.

Eine Woche lang mied Daniel die Ziegeninsel. Er umschiffte sie stets in großem Bogen. Dann aber musste er das Risiko erneut eingehen. Jetzt im Herbst konnte er sich gut von Beeren und Nüssen ernähren. Aber die Waldfrüchte sollten als Vorrat für den Winter dienen. Er durfte seine Tage jetzt nicht mit Angeln verschwenden; was er brauchte, war eine große Beute, von der er tagelang zehren konnte. Schweren Herzens und vorsichtiger denn je machte er sich nach Sonnenuntergang auf den Weg und überraschte die Ziegen im Schlaf. Wie beim letzten Mal balgte er das Opfer an Ort und

Stelle ab. Er nahm es aus und schleppte es ans Feuer. Um ein Haar wäre der Plan der Fallensteller aufgegangen. Allerdings wollte es der – für Daniel glückliche – Zufall, dass er das tote Tier vor sich abwarf, genau auf die Fallgrube. Ehe er kapierte, was geschah, baumelte die Beute im Fangnetz.

Daniel erstarrte. Was, wenn dies nicht die einzige Falle war? Der Junge war ein geübter Fallensteller. Bevor er einen weiteren Schritt wagte, überlegte er, wo er selbst eine solche Falle aufbauen würde. Der Stapel Feuerholz!

Schritt für Schritt tastete er den Boden mit einem Ast ab. Das Feuerholz erwies sich als ungefährlich. Trotzdem ging Daniel kein Risiko ein; wann immer möglich, benützte er die bereits überprüften Wege.

Während nun die Ziege über dem Feuer briet, grübelte er: Sollte er sich an den Fallenstellern rächen?

Obwohl er wusste, dass es im Grunde eine sinnlose, sogar gefährliche Spielerei war, setzte er seinen Streich in die Tat um. Die restliche Nacht schuftete er wie verrückt.

Nach vollendetem Werk brachte er das Grillfleisch zur Bärlappinsel. Er baute das Zelt ab und versteckte die Ausrüstung. Im Morgengrauen steuerte Daniel das Boot erneut zur Ziegeninsel und tarnte es im Weidendickicht. Dann legte er sich auf die Lauer. Das würde ein Spaß werden …

Daniel musste nicht lange warten. Die Geheimtür öffnete sich. Ungewöhnlich früh hatte es Mario an diesem Sonntagmorgen aus dem Bett gezogen. Er musste die Falle inspizieren! Kurz vor Lizzy kam er aus dem U-Bahn-Schacht.

»Schnapp!«, machte der Auslösemechanismus und »Zisch!« die Fangschlinge.

Daniel hatte Ziegies Falle nachgebaut, allerdings mit einigen

Änderungen. Einen Baum konnte er allein nicht biegen, aber einen dicken Ast sehr wohl. Die daran befestigte Schlinge zog dem unglücklichen Ziegie die Beine weg. Die Wucht des Mechanismus schleuderte ihn in ein Gestrüpp aus Brennnesseln und wilden Rosen.

Lizzy konnte nicht anders, sie prustete los. Der geleimte Chief von Phantom schimpfte nicht einmal. Unter verbissenem Schweigen befreite er sich aus der misslichen Lage.

Als Daniel Marios Gesicht sah, fühlte er sich ziemlich schäbig. Selbst aus der Entfernung konnte er erkennen, dass Ziegenfreak völlig zerstochen war.

Mario humpelte zur Feuerstelle und gab einen wilden Fluch von sich, als er die Reste der Ziege bemerkte.

Lizzy legte ihm mitfühlend den Arm um die Schulter. »Allmählich glaube ich, dein Verdacht trifft zu. Diese Aktion würde perfekt zu unserem Freund Maulwurf passen.«

»Wer meine Freunde abschlachtet, ist nicht mein Freund.« Marios Stimme klang so eiskalt, dass Lizzy fröstelte.

»Ziegie, was wäre, wenn es für den Maulwurf kein Jux ist? Vielleicht braucht er das Fleisch dringend.«

»Blödsinn! Wie kommst du denn darauf?«

»Weiß nicht. War nur so eine Idee.«

Lizzy sah diskret weg, als sich Mario verstohlen ein paar Tränen aus den Augen wischte.

Entschlossen zog sie einen Notizblock aus der Tasche und kritzelte los:

»An den Wilddieb:

Das ist kein Spiel mehr, sondern eine Schweinerei!

Da wir dich nicht dazu zwingen können, bitten wir dich: Töte keine Ziegen mehr! Sie sind die Lieblinge meines Freundes Mario.

Wenn du sie nicht am Leben lässt, werde ich dich eines Tages schwer bestrafen!
Lizzy die Verwegene, Third-Super-User von Mystery«

Lizzy steckte die Botschaft mit einem gespitzten Ast in die kalte Feuerstelle. Daneben legte sie ihre Goldkette und eine große Tafel Schokolade, obwohl Mario dagegen protestierte. Als die beiden am nächsten Tag wieder die Insel besuchten, fehlte die Schokolade; die Goldkette fanden sie unberührt. Unter Lizzys Botschaft stand nun in zittriger Schrift:

»Es tut mir Leid! Ich hatte solchen Hunger. Ich werde es nicht wieder tun. Bitte seid mir nicht böse. Und verratet mich nicht!«

Erschüttert hielt Lizzy den Zettel in der Hand. Auf ihren fragenden Blick hin breitete Mario in einer hilflosen Geste die Arme aus.
Seit diesem Tag wurde auf der Ziegeninsel kein Tier mehr geschlachtet. Doch wann immer Lizzy an der Feuerstelle Süßigkeiten auslegte, waren sie am nächsten Morgen verschwunden.
Der »Fall« blieb Lizzys und Marios Geheimnis. Phantom stellte die Suche nach dem Wilddieb ein. Als zu fortgeschrittener Jahreszeit die Überreste von Schwänen und Bibern gefunden wurden, reagierte Mario ebenfalls nicht – obwohl es sich eindeutig um geschützte Tiere handelte.
Lizzy aber verstärkte ihre »Bestechungen«, je näher der Winter kam. Insgeheim hatte sie schon einen Namen für den unbekannten Wilddieb: »Wichtelmännchen«.

Die Spur des Eichhörnchens

»Wie alt wirst du werden, First-Super-User Harald? Und wie lange wird dein Bruder um dich trauern? Die Antwort liegt im Uhrzeiger verborgen, genau in der Wespentaille.«
Es war Mitte Oktober und noch immer hing der Rätselspruch ungelöst an einer Pinnwand in der Hauptzentrale. Zu dem Rätsel gehörte die Computerlandkarte des Maulwurfs. Sie zeigte ganz Mystery-Park und Aurora. Warum eigentlich Aurora? Auch das U-Bahn-Netz und viele Geheimverstecke waren darin eingezeichnet. Sehr oft, wenn Erik allein war, fischte er einen Ausdruck dieser Landkarte aus seiner Schreibtischschublade und grübelte darüber.
Die ersten beiden Fragen des Rätsels hatten die Freaks längst gelöst. Zwar konnte niemand wissen, wie alt Harald werden würde, aber Lizzy hatte eine geniale Idee gehabt.
»Wie alt unser First-Super-User Harald wird, ist kein großes Geheimnis«, erklärte sie ihren staunenden Freunden. »Die Betonung liegt auf First-Super-User.«
Bei den anderen fiel der Groschen. Die Antwort lautete: »Sechzehn Jahre.« Dann nämlich hieß es für Harald Abschied nehmen von Mystery-Park und die Freaks mussten sich einen anderen First-Super-User wählen. Kluge Lizzy!
Damit war auch schon der zweite Teil des Rätsels gelöst. Nur zwei Jahre lang musste Erik um Harald »trauern«. Sobald Erik sechzehn war, konnten sie gemeinsam in Aurora ihre Abenteuer erleben.
Die Lösungen lauteten also: sechzehn und zwei. Aber was sollten sie damit anfangen? Uhrzeigersinn? Wespentaille? Und welche Rolle spielte Aurora in diesem Rätsel?

Sonja – Eichhörnchen, Maulwurf und Superhacker – hatte die Warterei satt. Sie gab schließlich selbst den entscheidenden Hinweis.
Freudestrahlend stürmte sie samstags in Eriks Büro und schwenkte die Landkarte des Maulwurfs in der Hand.
»Sonja, sei etwas vorsichtiger mit geheimen Daten«, rügte Erik sie in gutmütigem Ton. Vor kurzem hatte er das Mädchen noch unter schwerem Verdacht. Denn Sonja war zweifellos ein Hacker. Aber stets wollte sie ihre Computerkünste vor den anderen verbergen. Doch ihn, Erik den Roten, konnte sie nicht täuschen. Sie war absolute Spitze! Warum tat Sonja so, als könnte sie kaum bis drei zählen? Bescheidenheit? Scheu? Angst? Oder ... war sie etwa der berüchtigte Maulwurf?
Erik redete mit Lizzy über seinen Verdacht.
Die Wildkatze tippte sich an die Stirn. »Wenn du nicht nur Augen und Ohren für deinen Computer hättest, dann wären dir längst die verliebten Augen aufgefallen, mit denen Sonja den Herrn SSU Erik anschaut. Natürlich benimmt sie sich eigenartig. Mädchen reagieren manchmal total verrückt, wenn sie verknallt sind.«
»Dummes Geschwätz«, knurrte Erik. Betont lässig schlenderte er davon. Lizzys Gekicher ging ihm auf die Nerven.
Von diesem Tag an bewunderte er Sonjas ruhige, gelassene Art. Er genoss ihre Freundschaft, ihr Lachen und ihre Blicke. Und immer spürte er ein wunderbares Kribbeln im Bauch, wenn sie in der Nähe war.
»Was ist los, Sonja?« Erik hob verwundert die Augenbrauen, als sie einen Haufen Papier auf den Tisch warf.
Sonja deutete auf die Rätselkarte des Maulwurfs und tippte:
»`Unterschied beachten!`«

Erik blätterte den Papierberg durch und schüttelte den Kopf. Landkarten von Mystery. Es fiel ihm nichts Neues auf.
Sonjas Finger huschten über die Tasten.
»Koordinatennetz!«, las Erik. Plötzlich begriff er. »Das ist ja unglaublich! Sonja, du bist phantastisch!« Jubelnd rannte er durch das Verwaltungsgebäude. Er riss alle Bürotüren auf und posaunte dabei so laut, dass sich die Nachricht in Windeseile verbreitete.
Über dreißig Freaks drängten in die Hauptzentrale; alle waren gespannt, was Haralds kleiner Bruder wieder ausgeheckt hatte.
»Die Computerkarte des Maulwurfs«, begann Erik seinen Vortrag, »ist eine hundsgemeine Falle.«
Per Overheadprojektoren wurde die Karte an der Wand abgebildet. Alles, was sich auf Eriks Bildschirm abspielte, erschien auch auf der Wand.
»Wie ihr seht, sind eine Menge Geheimtüren eingezeichnet, sogar Türen, die wir Freaks bisher nicht kannten. Natürlich glaubten wir alle, die Lösung sei hinter einer dieser neuen Geheimtüren versteckt. Doch der Maulwurf wollte uns damit nur ablenken. Des Rätsels Lösung haben wir Sonja zu verdanken. Sie hat als Einzige die Übersicht bewahrt.« Er deutete auf die dünnen Linien des Koordinatennetzes. »Was, Leute, ist ein Koordinatennetz? Normalerweise teilt man eine Landkarte in kleine Quadrate, so wie ein Schachbrett. Die Quadrate entstehen durch senkrechte und waagrechte Linien. Die waagrechten Linien nennt man Breitengrade, die senkrechten Linien sind die Meridiane.«
»Oh Mann«, stöhnte Karlo, »machs kurz!«
Erik tat, als hätte er die Bemerkung überhört. »Mit den Zahlen am Rand der Karte werden genauere Ortsangaben ge-

macht: eine Zahl für den waagrechten Breitengrad und eine Zahl für den senkrechten Meridian. Das Ziel liegt im Schnittpunkt. Ihr kennt eine ähnliche Vorgehensweise vom ›Schiffe versenken‹. Nun seht euch die Landkarte des Maulwurfs an. Das Koordinatennetz ist sehr ungewöhnlich. Der Maulwurf hat die Breitengrade in einzelne Kilometerschritte geteilt, während die Meridiane nur alle vier Kilometer eingezeichnet wurden. Es ergeben sich also keine Quadrate, sondern schmale Rechtecke.«

Erik sah sich amüsiert um. Es kam ihm vor, als hätte er Chinesisch geredet. Kaum jemand hatte ihn verstanden, aber keiner wollte es zugeben.

Erik fuhr fort: »Wie wir wissen, wird unser FSU Harald sechzehn werden und ich werde zwei Jahre um ihn trauern. Zählen wir die Breitengrade und Meridiane doch einmal im Uhrzeigersinn ab. Eins, zwei, drei …« Langsam zählte er bis sechzehn und bewegte dabei den Zeigestab von Breitengrad zu Breitengrad. Danach zählte er die Meridiane von Ost nach West. »Eins, zwei.« Der Zeigestab stoppte. Erik tippte auf den Schnittpunkt. »Bitte sehr, Leute, genau in der Wespentaille!«

Die »Wespentaille« war nichts anderes als die Stelle, wo Nord- und Südmikromerika zusammenstießen. Die Landenge von Panama sozusagen.

Auf der Stelle rückten die Freaks nach Mikromerika aus. Endlich konnten sie es dem Maulwurf zeigen!

Doch alles kam anders als erwartet …

Mit der »Wespentaille« konnte nur die schmale Sandbank zwischen den beiden Inselteilen Mikromerikas gemeint sein. Allerdings, sosehr die Freaks auch suchten, sie fanden nichts Ungewöhnliches.

Schließlich bildeten sie sogar eine Menschenkette. Körper an Körper krochen sie vorwärts und durchwühlten mit bloßen Händen den Sand. Nichts.
Abends im U-Bahn-Zug herrschte wieder einmal verbissenes Schweigen. Niemand wollte mehr etwas von Rätseln hören.

»Leute«, begann Erik, als sie sich am nächsten Morgen trafen, »ich glaube, wir suchen unsere Brille, obwohl wir sie auf der Nase haben.«
»Was willst du damit andeuten?«, brummte Harald. Er hasste Niederlagen.
»Nur, dass wir nicht aufgeben sollten. Ich habe das Gefühl, wir sind bloß eine Haaresbreite von der Lösung des Rätsels entfernt.«
»Wer sagt etwas von aufgeben? Schließlich haben wir dich, unser Superhirn Erik. Bestimmt hast du einen Trick auf Lager. Oder sag bloß, du bist am Ende deines Lateins! Was ist mit dir, Sonja? Irgendwelche Vorschläge?«
Sonja überlegte. Wenn sie einen weiteren Hinweis gab, verriet sie sich. Sie schüttelte den Kopf.
»Na großartig! Hat vielleicht sonst jemand eine Idee?«
Stille.
Wütend stapfte Harald zum Overheadprojektor und Computer und schaltete beide Geräte ein. An der Wand erschien erneut die Computerkarte des Maulwurfs. Harald tippte auf der Tastatur. Mit einem Hackertrick markierte er die Schnittlinien sechzehn und zwei.
»Genau in der Wespentaille, hieß es im Rätsel. Vielleicht haben wir die Koordinaten nicht ganz exakt abgelesen. Wer weiß, vielleicht zeigt der Schnittpunkt, sechzehn zu zwei, auf eine Stelle im Wasser, nicht an Land.«

Erik verdrehte die Augen, sagte aber nichts. Harald konnte es an den Gesichtern seiner Freunde ablesen: Niemand glaubte, dass seine Idee etwas wert war.
»Hilft es nichts, so kann es auch nicht schaden«, murmelte Harald. Es klang wie eine Entschuldigung. Der First-Super-User von Mystery schaltete den Computer auf Spracheingabe und bewegte den Cursor der Maus möglichst genau über den Schnittpunkt sechzehn zu zwei. »Zoom« – die Insel Mikromerika erschien stark vergrößert. Sie füllte nun die ganze Projektionswand. Harald platzierte den Cursor neu. »Zoom« – die Meerenge von Panama erschien jetzt so groß wie unter einer starken Lupe. Nein, der Schnittpunkt lag nicht im Wasser, sondern an Land. Er lag genau dort, wo sie den Boden durchwühlt und nichts gefunden hatten.
»Das war wohl nichts«, spottete Erik.
Harald schlug mit der Faust auf den Tisch. »Zoom, zoom!«, rief er wütend.
Der Kartenausschnitt vergrößerte sich beinahe bedrohlich, bis der Projektor nur noch eine einheitliche gelbe Fläche zeigte. Harald wollte bereits aufgeben, da bemerkte er einen verwaschenen, dunklen Fleck. Er richtete den Cursor darauf. »Zoom ...« Es wurde still im Büro.
»Das gibts nicht!« Lizzy stöhnte verblüfft.
»Ein blindes Huhn ...«, deutete Erik an.
»Genau in der Wespentaille!«, jubelte Harald.
Lizzy klatschte. Andere schlossen sich an, selbst Erik applaudierte. An der Wand lasen sie klar und deutlich die Botschaft des Maulwurfs:
»Das Eichhörnchen an die Freaks:
Mein Kompliment! Ihr seid wirklich gut! Ich hatte Zweifel, ob ihr diese Aufgabe lösen

könnt. Zur Belohnung ist das vierte Rätsel kinderleicht. Es lautet:
Sucht nach dem größten Fisch in ganz Mystery-World, und gobt mir als Futter, was er im Maul trägt.«
»Kinderleicht? Belohnung?« Harald schnaufte. »Der Maulwurf will uns wohl vergackeiern!«
»Es ist tatsächlich einfach, Bruder. Ich gebe zu, das mit dem Fisch ist ein wenig irreführend, aber in Wahrheit ist es der gleiche Computerkarten-Trick.« Er zoomte den Nordteil von Mystery näher heran.
»Aurora?«, bemerkte Harald.
»Ja, Aurora.« Erik grinste über das ganze Gesicht. »Der Maulwurf hat ›Mystery-World‹ geschrieben, nicht ›Mystery-Park‹. Tage- und nächtelang habe ich diese verdammte Computerkarte studiert und mit anderen Zeichnungen verglichen. Dabei bin ich auf eine interessante Tatsache gestoßen.« Er deutete auf eine Stelle mitten in Aurora, die als »Hai-Insel« gekennzeichnet war.
»Der größte Fisch von Mystery-World!«, jubelte Lizzy.
»Die Oldies dürfen die Ufer und Inseln von Aurora selbst taufen. Bis jetzt ist kein Name in die Computerkarte eingetragen. Die Hai-Insel bildet eine Ausnahme. Das machte mich misstrauisch. Ich habe überall in Aurora wegen dieser Insel nachgefragt. Kein Oldie wusste etwas davon. Der Maulwurf muss den Namen Hai-Insel erfunden haben. Leider ergab sich kein Zusammenhang mit sechzehn und zwei.« Erik räusperte sich. »Nun ja, wie es aussieht, war mein Irrweg nicht umsonst. Ich habe das vierte Rätsel noch vor dem dritten gelöst.« Er bewegte den Cursor über das Haifischmaul der Insel und sagte: »Zoom.«

Zu Eriks Verblüffung wartete Harald die Maximalvergrößerung gar nicht ab. »Wer kommt mit nach Aurora?«, rief er. »Zoom!«, befahl Erik, und noch einmal: »Zoom!« Doch sosehr er seine Augen anstrengte, er fand keinen weiteren Mikrotext.

»Woher hast du es gewusst?«, fragte Erik seinen Bruder, als sie in der U-Bahn nach Aurora saßen.
»... und gebt mir als Futter, was er im Maul trägt«, erklärte Harald. »Die Betonung liegt auf ›füttern‹, nicht ›lesen‹.«
»Eine Diskette vermutlich«, sagte Erik. »Du hast heute einen verdammt guten Tag, Alter.«
»Nein, du hast einen extrem schlechten«, meinte Harald. »In letzter Zeit lässt du ganz schön nach. Man könnte fast meinen, du bist abgelenkt. Was ist los? Zu viel Arbeit? Könnte dich Sonja am Computer nicht ein wenig entlasten? Du solltest die Zusammenarbeit mit Sonja verstärken, finde ich. Dich überhaupt mehr mit Sonja beraten. Sonja könnte ...«
»Wenn du nicht sofort aufhörst, werde ich dir ein Streit-Passwort an den Kopf werfen.«
»Huch! Erik der Rote droht mir. Ich Unglücklicher! Ich ergebe mich kampflos.«
Alle anderen im Waggon glucksten vor sich hin. Nur Sonja saß mit würdevoll entspannter Miene da, als hätte sie nichts mitgekriegt.
Mittlerweile erreichte der Zug die Grenze zu Aurora. Mario fragte über Telefon bei den Oldies nach, ob jemand sie begleiten würde.
Die erste Regel von Aurora lautete nämlich: »Auch Besucher unter sechzehn Jahren dürfen Aurora betreten, jedoch nur in Begleitung einer älteren Person.«

An der Haltestelle zur Hai-Insel wurde der Zug bereits erwartet.

»Schweindl!« Lizzy drückte dem Alt-Phantom einen dicken Kuss auf die Wange.

Kevin umarmte jeden Einzelnen seiner Freunde. »Wurde Zeit, dass ihr mich einmal besucht, ihr Schurken! Man kommt sich hier richtig verlassen und verbannt vor.«

»Tut uns Leid«, versicherte Harald. »Von nun an kommen wir öfter. Großes Ehrenwort.«

»Das Versprechen kannst du leicht machen«, spottete Schweindl. »Mitte nächsten Jahres darfst du nämlich auf Dauer hier einziehen, du alter Knabe, hahaha!«

»Ja, sehr witzig.« Harald zog eine säuerliche Miene.

Sein Freund schlug ihm auf die Schulter. »Kopf hoch! Du wirst sehen, Aurora ist super. Was sich im ›Keller‹ abspielt, darf ich dir nicht verraten, aber ich garantiere dir, du träumst nicht einmal davon.« Er nahm Harald beiseite und flüsterte ihm ins Ohr: »Aurora reicht drei Stockwerke tief hinab.«

»Das ist ein Witz, oder?«

»Kein Witz. Es sieht so aus, als wäre ganz Aurora drei Stockwerke tief unterkellert. Das ist eine unterirdische Großstadt, in der man sich verirren kann. Wir haben bisher nicht einmal die obersten Bereiche erforscht. Diese Anlage muss Gigaplex unvorstellbar viel Geld gekostet haben. Die Firma hat irgendetwas damit vor – eine moderne Computerstadt des nächsten Jahrtausends oder so. Aber kein Wort zu den anderen, klar?«

Harald atmete tief durch. Er war überwältigt. Welche Abenteuer würden ihn hier erwarten! Er fragte: »Du weißt, warum wir hier sind?«

»Keine Ahnung. Ist wohl wichtig?«

»Ja, enorm wichtig. Es geht um den Maulwurf.«

»Ah, mein alter Freund Maulie!« Schweindl lachte. »Treibt er nach wie vor sein Unwesen?«

»Wir sind ihm auf der Spur.« Ziegie antwortete an Haralds Stelle. »Der Superhacker hat in Aurora ein Osterei für uns versteckt.«

»Soso, er spaziert also ohne zu fragen hier herein? Na, das wundert mich nicht.« Er nickte Ziegie mitfühlend zu. »Harter Job, was Kumpel?«

»Ich gehe demnächst in Frühpension«, stöhnte der Chief von Phantom.

»Schweindl«, erkundigte sich Harald, »ist dir auf der Hai-Insel irgendetwas aufgefallen?«

»Nee, von uns kommt eigentlich nie jemand hierher ...« Er unterbrach, als Erik keuchend auf sie zugerannt kam. »Ach, der Kleine ist auch mitgekommen? Was machst du junges Gemüse in unserem Altersheim?«

»Hallo, Schweindl«, grüßte Erik. Er schwenkte triumphierend eine Diskette. »Ich bin schon mal vorausgelaufen«, erklärte er an Harald gewandt. »Die Diskette lag in einer roten Boje weithin sichtbar. Wirklich ein Kinderspiel.«

»Rätsel Nummer vier gelöst«, seufzte Harald erleichtert. »Das heißt, wir könnten uns wieder verabschieden.«

»Nichts da!«, protestierte Schweindl. »Zuerst feiern wir eine Wiedersehensparty auf meiner Insel ›Schweinestall‹. Das dürft ihr mir nicht abschlagen.«

Kevins »Schweinestall« bot etliche Überraschungen. Durch eine Geheimtür führte Schweindl seine Freunde in einen Kellerraum, der annähernd die Größe eines Turnsaals hatte. Eine Anzahl von Türen ließ ahnen, dass sich weitere Säle anschlossen. Sie blieben den Freaks versperrt. Erik wollte sich damit nicht zufrieden geben. Schweindl beobachtete schadenfroh, wie der SSU erfolglos sein Glück an den Computerschlössern versuchte.

»Nichts für Kinder! Werde erst einmal sechzehn, Kleiner.« Erik schnitt eine Grimasse.

»Ich habe schon weniger luxuriöse Keller gesehen«, scherzte Lizzy.

»Oh, man lebt in bescheidener Zufriedenheit.« Schweindl stemmte die Hände in die Hüften. »He, ist das eines der Maulwurfrätsel?«

»Scheint so«, murmelte Erik. Alle drängten sich um das Computerterminal, das Kevin seinen Freunden zur Verfügung stellte. Dort erschienen die Zeilen:

»Das Eichhörnchen an die Freaks:

Ihr seid also fest entschlossen, meiner Spur zu folgen? Gut, dann sucht es, mein Nest. Hoch in den Lüften findet ihr es, wo der Habicht nistet, wo das Eichhörnchen turnt, dort, am Gipfel von Mystery, wo mich morgens die Sonne begrüßt.«

»Superklasse!«, jubelte Kevin. »Der Maulwurf hat mir ja so gefehlt! Darf ich mitmachen? Ausnahmsweise?«

»Du weißt, das ist unmöglich«, bedauerte Harald. »Der Maulwurf ist wie die Freaks ein Teil von Mystery-Park. Aurora darf sich hier nicht einmischen. Außerdem hattest du bereits deine Chance gegen den Maulwurf. Sorry!«

»Tyrann! Wo bleibt dein Herz für Rentner?«

»Wir erzählen dir, wie es weitergeht. Bleib schön auf deiner sonnigen Hausbank sitzen und rauch dein Pfeifchen.«

»Also wirklich! Kein Respekt vor der älteren Generation!«

»Warum hat Gigaplex diese idiotischen Regeln gemacht?«, beschwerte sich Lizzy später. »Warum können wir nicht alle in derselben Welt leben und unseren Spaß haben, Generation Future und Generation Aurora gemeinsam?«
»Keine Ahnung«, erwiderte Harald, »aber ich glaube, die Antwort auf diese Frage ist das größte Geheimnis von Mystery-World. Wer weiß, vielleicht können wir eines Tages auch dieses Geheimnis lüften.«

Am nächsten Tag begann die »Operation Eichhörnchen«. Die Freaks verteilten hunderte Fragebogen:
»An alle Parkbesucher:
Die Freaks bitten um eure Hilfe. Wir suchen in ganz Mystery Habichte und Eichhörnchen. Wer uns entscheidende Hinweise liefert, bekommt eine Belohnung.
1. Wo und wann habt ihr in Mystery Eichhörnchen beobachtet?
2. Habt ihr in Mystery jemals Habichte gesehen? Wir brauchen genaue Ortsangaben.
3. Wer weiß, wo der Habicht sein Nest gebaut hat?
Gebt eure ausgefüllten Fragebogen bei den Technos oder bei Phantom ab. Danke im Voraus!
Harald der Schreckliche, FSU.«
Die Bitte blieb nicht ungehört. Schon am ersten Tag bekamen die Freaks so viele Hinweise, dass sie mit dem Lesen nicht nachkamen.
»Ich glaubs nicht!«, stöhnte Erik, als ihm Sonja einen dicken Stapel Fragebogen präsentierte. Flüchtig blätterte er die obersten Seiten durch. »Eichhörnchen hier, Eichhörnchen

da ... Gibt es denn in ganz Mystery keinen einzigen Baum, wo die Viecher nicht herumturnen?«
»Wie wäre es«, schlug Lizzy vor, »wenn wir uns auf die Habichte konzentrieren?«
Erik stimmte ihr erleichtert zu. Trotzdem dauerte es fast eine Woche, bis sie alle Hinweise in den Computer eingetippt hatten. Harald ließ die Daten von einem Computerprogramm analysieren.
»Wenn die Beobachtungen stimmen«, erklärte er seinen Freunden, »dann leben mindestens vier Habichte im Park. Besonders oft wurden die Raubvögel in Ostende gesehen. Das ist alles. Abgesehen davon war die Aktion eine große Pleite. Trotzdem haben wir eine heiße Spur. Lizzy wusste als Einzige, wo das Habichtsnest zu finden ist – auf Mikromerika nämlich.« Er lächelte seine beste Freundin an. »Ich schlage vor, wir machen uns sofort auf den Weg dorthin.«

Die Habichtjungen waren längst ausgeflogen. Das Nest fanden sie leer. Keine Botschaft, keine Diskette, nichts! Sie untersuchten den Baum von der Wurzel bis zum höchsten Ast – erfolglos.
Erik schlug vor, das Nest nicht aus den Augen zu lassen.
Sonja nahm es zähneknirschend zur Kenntnis, dass sich ihre Freunde immer mehr in diese Sackgasse verirrten. Sie hatte nichts von einem zweiten Nest geahnt. »Abwarten«, dachte sie. »Irgendwann werden sie draufkommen. Ich darf ihnen jetzt auf keinen Fall helfen.«
Doch Sonjas Geduld wurde auf eine harte Probe gestellt. Die Tage vergingen, nichts Ungewöhnliches geschah. Und das Eichhörnchen schwieg.

Das Haustier

Es wurde Spätherbst in Mystery-Park. Die Farbenpracht des Au-Waldes wich immer mehr kahlen, braunen Ästen und gelblich verdorrten Staudengräsern. Morgenfrost und Nebel wurden kaum durch die schwache Sonne vertrieben.
An einem Wochenende Anfang November standen ungewöhnliche Besucher vor dem Eingangstor.
»Im Ernst?«, fragte Erik, als er Sonjas Worte las.
Sie nickte aufgeregt.
»Klasse! Hol Harald und Ziegie. Auf keinen Fall dürfen sie sich das entgehen lassen.«
»`Sie sind schon am Eingangstor`«, tippte Sonja.
»Warum bin ich immer der Letzte, der etwas erfährt?«, schimpfte Erik.
Sonja machte eine kleine Verbeugung, als wollte sie ehrfürchtig um Entschuldigung bitten, und rannte voraus.
Als Erik sich dem Parktor näherte, hörte er Ziegie schon von weitem. Der Chef von Phantom stritt sich lautstark mit einem Mann. Harald starrte unterdessen mit offenem Mund den Elefanten an, der mit seinem massigen Körper den Eingang blockierte.
»Wie oft soll ich noch sagen, dass Mystery ein Ferienpark und kein Tierreservat ist?«, erklärte Ziegie gerade. »Sie haben da etwas missverstanden.«
Der kräftige Mann schüttelte den Kopf. Er deutete stur auf einen Zeitungsabschnitt mit der Überschrift: »Lehrer beschweren sich über Gigaplex-Jugendreservat«.
»Jaja, unsere lieben Lehrer!«, spottete Ziegie. »In diesem Fall haben sie doch gar nichts zu melden. Gigaplex hat ein pädagogisches Gutachten vorgelegt: Das Projekt ›Genera-

tion Future‹ fördert eindeutig die Persönlichkeit und Selbstständigkeit von Jugendlichen. Sogar das Kultusministerium musste zugeben – umpff …«

Harald hielt Ziegie den Mund zu, bevor dieser noch mehr Trümpfe auspackte. Zu dem Mann sagte er: »Es tut mir Leid, aber Sie dürfen nicht durch dieses Tor gehen. Den Zeitungsartikel haben Sie gründlich missverstanden. Mystery ist kein Reservat. Nur Jugendliche unter sechzehn Jahren dürfen den Park besuchen.«

»Das lasse ich mir nicht von einem Halbstarken wie dir sagen. Und wenn du glaubst …«

Ein Mädchen mit langen, schwarzen Zöpfen zupfte den Mann am Arm. »Vater, bitte lies das!« Sie drückte ihm einen Zettel in die Hand. Darauf war zu lesen, dass Gigaplex jeden Erwachsenen, der in das Gelände eindrang, wie einen Einbrecher behandeln werde; Strafen wurden angedroht, sollte diese Warnung missachtet werden. Während der Mann die Richtlinien überflog, wurde seine Miene immer ratloser.

»Was ist hier eigentlich los?«, meldete sich Erik aus dem Hintergrund.

»Der Zirkus ist da«, antwortete Harald. »Siehst du doch!«

Erik näherte sich dem Elefanten und streckte die Hand nach ihm aus. Prompt hob der den Rüssel zum Gruß und trompetete so laut, dass allen die Ohren dröhnten. Zur Krönung blies er Erik einen Schwall Atemluft ins Gesicht.

»Pööh!« Erik verdrehte die Augen. »Ein paar Liter Mundwasser könnten dir nicht schaden.«

»Diese Vorschriften«, gab der Mann schließlich zu, »verbieten mir den Eintritt in den Park. Das gilt aber nicht für Esmeralda und Laila. Ich entschuldige mich für mein unfreundliches Verhalten. Guten Tag.« Und schon drehte er

sich um und stapfte durch die Tür. Harald, Erik und Mario sahen einander verblüfft an.
»He, halt!«, schrie Ziegie ihm nach. »Sie haben etwas vergessen!«
»Tatsächlich?« Das Mädchen mit den Zöpfen blinzelte Ziegie zu. »Was hat er denn vergessen? Du kannst es mir geben. Er ist mein Vater.« Sie streckte ihm die Hand entgegen. Ziegie war so verwirrt, dass er das vorwitzige Leuchten in ihren Augen gar nicht bemerkte.
»Wie? Äh ...«, stotterte er. Dann lief er vor Wut knallrot an. »Was er vergessen hat? Oh, nichts Besonderes, nein. Bis auf diese Kleinigkeit.« Er deutete auf den Elefanten.
»Der Computer hat mich als Mitglied der Generation Future willkommen geheißen«, sagte das Mädchen. »Hier, sieh selbst, wenn du es mir nicht glaubst.« Sie hielt Ziegie eine kleine Plastikkarte unter die Nase.
Jeder Besucher von Mystery erhielt diese Magnetkarte. Darauf wurden Name, Adresse, Alter und Geburtstag des Besuchers gespeichert.
Harald drängte Mario zur Seite. Er schnappte die Karte und steckte sie ins nächste Computerterminal.
»`Esmeralda Grazzia, Adresse: Zirkus Grazzia, vierzehn Jahre alt, geboren am ...`«, las er vom Bildschirm.
Er reichte dem Mädchen die Hand. »Ich bin Harald, genannt der Schreckliche, First-Super-User von Mystery. Der Kleine da ist mein Bruder, Erik der Rote. Und der da heißt Mario, der Ziegenfreak.«
»Angenehm.« Das Mädchen nahm die angebotene Hand und drückte sie kurz. »Darf ich jetzt rein?«
»Ja, natürlich. Niemand kann es dir verbieten.«

»Sehr schön. Komm, Laila!«
Der Elefant setzte sich schwerfällig in Bewegung und folgte seiner Herrin durch das Parktor.
Mario setzte zum Protestgebrüll an, aber Harald deutete ihm Schweigen.
Nach ein paar Schrecksekunden hastete Harald hinter dem Zirkusmädchen her. »Äh, Esmeralda, da wäre noch eine Kleinigkeit zu bereden.«
»Ja?« Esmeralda sah ihn unfreundlich an.
»Mädchen, du kannst nicht einfach einen Elefanten in den Park mitnehmen.«
»Und warum nicht? Es gibt kein Gesetz dagegen.«
»Stimmt. Aber wir Freaks müssen darauf achten, dass im Park niemand verletzt wird.«
»Laila wird niemanden verletzen. Sie braucht im Winter nur einen geheizten Raum, Futter und Wasser. Wenn ihr dafür nicht sorgt, kann sie allerdings grob werden. Sie ist sehr stark, weißt du? Es wäre besser, ihr legt es nicht darauf an. Absichtlich jemanden verletzen würde sie niemals. Sie ist ein sehr, sehr braves Mädchen. Nicht wahr, Laila?«
Haralds Augen wurden schmal. Erik bereitete sich insgeheim auf einen Zornausbruch vor. Sein Bruder hatte den Spitznamen nicht umsonst.
»Was soll das heißen, *wir* sollen ihm einen geheizten Raum und Futter beschaffen? Das Tier gehört uns nicht. Es ist ein Zirkuselefant und euer Zirkus muss das Tier auch pflegen.«
»Unser Zirkus ist pleite. Wie jedes Jahr verbringen wir den Winter an der warmen Mittelmeerküste. Aber Laila können wir unmöglich durch den Winter füttern. Dazu reicht das Geld nicht. Wir dürfen Laila auch nicht verkaufen, denn sie ist unsere Hauptattraktion. Ohne sie wäre der Zirkus end-

gültig tot. Aber reg dich ab, wir holen sie spätestens Ende März wieder ab.«

»Jetzt hör mir zu, du Tussi!«, fauchte Harald. »Erpressen kannst du jemand anderen. Du nimmst sofort dein Monstrum und verschwindest!«

»Du kannst uns nicht rauswerfen. Wir haben gegen keine Regel verstoßen. Außerdem ist Laila noch nicht sechzehn. Sie hat somit ein Recht, hier zu sein.«

»Du willst sie in der Kälte aussetzen! Das ist Tierquälerei und verstößt gegen die Regeln der Freaks. Wer Tiere quält, ist ein abscheulicher Wurm. Er braucht sich im Park gar nicht mehr blicken zu lassen.«

»Na schön! Ich lege keinen Wert auf eure Gesellschaft. Ihr seid wie eure Eltern, herzlos und blöde. Euer Land ist voller geiziger Blödmänner! Glaubst du, ein einziger Tierpark, ein einziges Tierheim hätte unsere Laila über den Winter aufgenommen? Alles nur für Geld. Geld, Geld, das ist alles, was für euch zählt!«

»Ach? Ihr wollt selbst nicht für das Futter bezahlen und fahrt lieber ans Mittelmeer. Aber uns nennt ihr herzlos und geizig, ja? Es kostet bestimmt ein Vermögen, so ein Riesenvieh durchzufüttern.«

»Für den stinkreichen Gigaplex-Konzern ist das eine lächerliche Kleinigkeit. Der schenkt euch doch alles, was ihr wollt. Ich habe mich erkundigt. Gigaplex und seine geliebte Generation Future!«

»Ja, Gigaplex ist großzügig«, bestätigte Harald. »Und wir Freaks sind auch keine herzlosen Monster. Aber erpressen lassen wir uns nicht. Wie wäre es, wenn du uns ganz einfach bittest? Ein kleines Bitteschön, ein wenig gute Kinderstube ...«

Klatsch! Eine saftige Ohrfeige landete auf seiner Backe. Der FSU starrte das Zirkusmädchen ungläubig an.
»Willst du vielleicht noch eine?«, fragte sie frech.
Klatsch! Die Antwort warf Esmeralda glatt um.
Mit unwiderstehlicher Kraft schob der Elefantenrüssel Harald von Esmeralda weg.
»So gehen wir hier mit Schlägertypen um, die ohne Streit-Passwort raufen«, erklärte Harald.
»Mistkerl!«, giftete Esmeralda ihn an. »Eigentlich wollte ich euch ein paar Tipps für die Elefantenpflege geben, aber das könnt ihr jetzt vergessen. Laila bleibt trotzdem hier!«
»Ist nicht drin! Wir werden bei Gigaplex einen Großwildjäger bestellen. Also nimm dein Baby lieber wieder mit«, drohte Harald.
»Wer absichtlich Haustiere oder geschützte Arten tötet, ist ein abscheulicher Wurm. Ich habe eure sieben Regeln genau durchgelesen. Laila ist beides, Haustier und geschützte Art. Und wenn ihr ein Haustier dem Hunger- oder Kältetod aussetzt, ist das Tierquälerei. Jetzt wird sich zeigen, ob ihr eure eigenen Gesetze befolgt.« Zärtlich tätschelte sie den Elefantenrüssel. »Brav bleiben, Mädchen. Ich hole dich im Frühling wieder ab, wenn die Bäume saftige junge Blätter tragen. Alles wird gut.«
Haralds Zorn legte sich ein wenig, als er Esmeralda flüstern hörte. »Es wäre so einfach gewesen«, brummte er, als sie sich zum Gehen wandte, »wenn du einfach nur Bitte gesagt hättest.«
»Wir werden das Riesenbaby schon schaukeln«, fügte Ziegie hinzu.
Esmeralda antwortete nicht. Ohne Gruß drehte sie sich um und stolzierte durch das Parktor.

Zwei Stunden später versammelten sich alle Freaks vor dem Verwaltungsgebäude Ost, während der Elefant friedlich Weidenzweige in sich hineinstopfte.
»Ruhe!«, rief Harald. »Ich will euch etwas sagen!«
Sofort verstummten die Gespräche.
»Ich habe gerade mit Markus Stiebinger von Gigaplex telefoniert«, erklärte der FSU. »Er hat uns wöchentlich eine Lkw-Ladung Heu, Gemüse und Obst versprochen. Außerdem lässt er im Feuerwehrschuppen Ostende eine Heizung einbauen.«
»Wie?« Karlos Stimme schnappte beinahe über. »Ich hab mich wohl verhört! Soll das etwa heißen ...?«
»... im zukünftigen Elefantenstall«, ergänzte Harald.
»Du spinnst wohl! Unsere ganze Brandschutzausrüstung lagert dort.«
»Wir können die Ausrüstung in einen Raum des Verwaltungsgebäudes bringen«, kam Erik seinem Bruder zu Hilfe. »Ich finde die Idee mit dem Feuerwehrschuppen großartig. Er ist geräumig und verfügt über einen ausreichend großen Eingang. Außerdem liegt er nahe am Parktor. Wenn ganze Lkw-Ladungen Futter transportiert werden müssen, zählt jeder Meter Weg.«
»Warum schaffen wir den Jumbo nicht einfach raus?«, fragte Lizzy. »Wenn Gigaplex für den Elefanten zahlt, kann sie ihn auch in einem Zoo betreuen lassen.«
»Laila will aber nicht«, tippte Sonja.
Karlo klappte hörbar den Mund zu. »Was soll das heißen, sie will nicht?«
»Sie weigert sich durch das Haupttor zu gehen – als ob sie wüsste, dass es hier schöner ist als in einem Zoo. Ich glaube, das Tier ist klug.«

»Ach ja«, ergänzte Harald, »auch Markus Stiebinger besteht darauf, dass Laila in Mystery bleibt. Er sagte, der Elefant solle von jemandem gepflegt werden, der für seine Tierliebe bekannt ist. Ich denke da an ...«

»Kommt nicht in Frage!«, brüllte Mario, auf den sich alle Blicke richteten.

»Aber Ziegie«, schmeichelte Lizzy, »du bist der ideale Mann dafür. Außerdem ist Laila doch fast so etwas wie eine groß geratene Ziege.«

»Nein, nein, nein! Und dabei bleibts!«

»Aber was dann?«, murmelte Harald ratlos.

»Der Elefant wird im Feuerwehrschuppen untergebracht«, sagte Erik bedächtig. Er schielte zu den Technos.

»Vergiss es«, erklärte Karlo. »Unser Schuppen ist jetzt ein Elefantenstall. Die Technos haben nichts damit zu tun.«

Zur Überraschung aller drängte sich Sonja vor. Sie hielt ihren Freunden die Computertafel vor die Nase. »Ich übernehme die Pflege und die Verantwortung für Laila gerne«, stand darauf. »Ich kann es aber nicht allein machen.«

»An Helfern mangelt es bestimmt nicht«, meinte Erik. »Nur, verzeih mir, wenn ich das sage: Du kannst nicht sprechen. Wie willst du einem Elefanten Befehle geben?«

»Kein Problem. Laila reagiert genauso gut auf andere Zeichen. Während ihr mit Esmeralda gestritten habt, bin ich ihrem Vater nachgelaufen. Der Zirkusdirektor ist gar nicht so übel. Er war sehr freundlich und hat mir einige Kniffe und Tricks erklärt. Und das da hat er mir auch gegeben.« Sie klopfte auf eine Mappe mit der Aufschrift: »Dressur-Tagebuch Laila.«

»Toll!«, lobte Harald. »Also gut, du bist ab sofort Chef-Elefantenpflegerin. Hat irgendjemand Einwände?«
Niemand meldete sich. Somit galt der Vorschlag als angenommen.

Sonja und Laila schlossen Freundschaft. Von den jüngsten Kids wurde Laila vergöttert. Sechs- bis achtjährige Knirpse schleppten mit Begeisterung die schweren Futterballen und Wasserkübel herbei. Sie steckten der Elefanten-Dame Obst und Leckereien zu und quietschten vor Vergnügen, wenn Laila sie sanft mit dem Rüssel berührte.
Sonja schmökerte eifrig in dem Dressur-Tagebuch und lernte die Handzeichen, die darin beschrieben wurden. Laila befolgte ihre Befehle auf der Stelle. Außerdem wurde in dem Buch von allen Kunststücken berichtet, die Laila während einer Zirkusvorstellung zeigte. Eine dieser Dressurnummern hatte Sonja schon einmal gesehen. Dabei wurde ein »Freiwilliger« – in Wahrheit ein Zirkusartist – aus dem Publikum gerufen und gebeten, sich auf einen Stuhl in der Manege zu setzen. Laila spielte dann Barbier: Sie »seifte« den Unglücklichen mit einem riesigen Malerpinsel ein, wobei das ganze Gesicht, die Haare und ein Großteil der Kleidung großzügig mit Schlagsahne bekleckert wurden. Danach schwenkte sie ein großes Rasiermesser aus Schaumgummi und strich die »Rasiercreme« mit schwungvollen Rüsselbewegungen vom Gesicht ihres Kunden. Dabei konnte es schon passieren, dass der Kunde temperamentvoll umgeworfen wurde. Ein solches Missgeschick wurde immer mit einem Extraapplaus belohnt. Da der Manegenboden mit Sägespänen bestreut war, sah jeder, der mit Schlagsahne beschmiert vom Sessel fiel, wie ein paniertes Schnitzel aus. Zu

guter Letzt wurde der Kunde von Laila gesäubert, das heißt: aus dem Rüssel mit Wasser bespritzt.
Als Sonja das las, kam ihr eine Idee. Von nun an trainierte sie mit Laila jeden Nachmittag. Sie grinste in grimmiger Vorfreude. Irgendwie fühlte sie sich mit dem Tier seelenverwandt. Elefanten haben nämlich ein gutes Gedächtnis. Und sie vergessen niemals eine Beleidigung.

An einem Sonntagmorgen führte Sonja die Elefantin in Weidenstadt-Ostende spazieren. Wie so oft wurde sie von einer Kinderschar begleitet. Genau vor der prächtigen Weidenhütte von Barbie Jasmin legten sie eine Rast ein.
Barbie entflocht gerade die schwächeren Weidenzweige ihrer Hütte, um ihr Prachthaus vor der kommenden Schneelast zu schützen. Mit wütenden Blicken beobachtete sie die Kinder, die sich mit dem Elefanten vergnügten. Minuten vergingen.
Dann aber geschah genau das, worauf Sonja gewartet hatte: Laila entledigte sich ihrer Last und ließ ein üppiges »Häufchen« fallen.
Wie erwartet explodierte Barbie fast vor Wut. »Jetzt reichts! Sieh sich das einer an! Elende Schweinerei!«
»Also wirklich«, tippte Sonja, »willst du einem Elefanten vorschreiben, wo er sein Häufchen hinsetzt?«
»Du bist für das Monster verantwortlich, Stockfisch, also räum das weg, auf der Stelle!«
»Die arme Laila kann nichts dafür.« Sonja schien zerknirscht. »Sie wird die Bescherung selbst beseitigen. Sie ist nämlich ein Zirkuselefant.«
Mit verschränkten Armen beobachtete Barbie, wie Sonja

dem Elefanten eine Weidenrute vor den Rüssel hielt, einige Handzeichen machte und auf den Kothaufen deutete.
Laila nahm daraufhin die Rute, um sie als »Rasiermesser« zu verwenden. Prompt begann sie in der dunklen Masse herumzustochern. Ihre Augen fixierten Sonja. Ganz offensichtlich war Laila unsicher; es schien, als suche sie etwas.
»Was soll das werden?«, zeterte Barbie. »Stockfisch, ich hoffe um deinetwillen, dass mir das Vieh nicht die Hütte mit diesem ekligen Zeug beschmiert.«
»Keine Angst«, versicherte Sonja. »Du wolltest doch, dass der Haufen weggeräumt wird.« Sie deutete mit dem Finger auf Barbie Jasmin. Und – zack! – schon pinselte Laila Barbies Gesicht mit der unappetitlichen Weidenrute ein. Die Schar der Knirpse johlte.
Für einige Sekunden war Barbie starr vor Schreck. Dann

aber stürzte sie sich wie eine Furie auf Sonja und zog sie an den Haaren. Das hätte sie besser nicht getan. Sanft, aber unwiderstehlich drängte Lailas Rüssel die Tobende zur Seite. Mit einem Plumps landete Jasmin auf der Erde; nur knapp hatte sie den Kothaufen verfehlt.

Sonja beobachtete nachdenklich, wie ihre ehemalige Erzfeindin heulend hinter den Bäumen verschwand. Sie fühlte keinen Hass mehr auf Barbie, eher Mitleid. Mit hängendem Kopf führte sie Laila zurück zum Feuerwehrschuppen.

»Mädchen können alle Register ziehen, wie?«, empfing sie Erik am nächsten Tag. Natürlich war Sonjas Rache Tagesgespräch in Mystery.

»Sie war damals nicht gerade fair zu mir.«

Eriks Augen glänzten verdächtig. Sein Grinsen wurde immer breiter. Sonja gab das Grinsen zurück.

»Weißt du, was Harald gesagt hat, als er davon hörte?«

»Er ist hoffentlich nicht sauer auf mich?«, schrieb Sonja.

»Wie mans nimmt. Er sagte, du könntest meine Zwillingsschwester sein in Sachen Hinterlist.«

»Ist das nun ein Kompliment oder eine Beleidigung?«

»Da musst du ihn schon selbst fragen. Aber ich hätte nichts gegen dich als Zwillingsschwester einzuwenden. Jeden anderen möchte ich zum Feind haben, nur dich nicht.«

»Und wenn mich nun eines Tages jemand anklagt? Wenn mich jemand Heuchlerin und falsche Freundin nennt?«

»Meinst du vielleicht Barbie? Die soll nur kommen …«

Sie legte ihm die Hand auf den Mund.

»Vergiss es!«, stand gleich darauf auf ihrer Tafel. Verstört rannte sie davon.
»Ts, komisch!« Erik seufzte. »Mädchen sind doch irgendwie verrückt.«

Die Mutprobe

Es war Ende Oktober. Der erst sechsjährige Heiko zerknautschte schüchtern seine Kappe zwischen den Händen. Fast ehrfürchtig blickte er zu dem Jungen hoch, der vor ihm stand: Erik der Rote, Second-Super-User, Erik, das Superhirn. Ungezählte wahre, aber auch erfundene Geschichten kreisten um ihn. Erik fühlte sich verlegen, als er die Bewunderung des Kleinen spürte. Freundschaftlich zerzauste er ihm die Haare.
»Ganz locker bleiben, du Zwerg. Ich werde dich bestimmt nicht fressen. Wenn es stimmt, was du erzählt hast, darfst du dir eine Belohnung aussuchen.«
»Ich darf mir wünschen, was ich will?«
»Wenn wir deinen Wunsch überhaupt erfüllen können«, antwortete Harald an Eriks Stelle. In Begleitung von Lizzy, Sonja, Ziegie und Karlo betrat er soeben Eriks Büro.
Der Kleine begann vor Aufregung zu stammeln, als er so unerwartet von den Freaks umringt wurde.
Erik legte ihm die Hände auf die Schultern und stellte ihn vor. »Das ist Heiko. Er hat uns etwas zu erzählen.«
Heiko gluckste verlegen.
»Nun, was ist?« Harald fixierte den Jungen.
»Also, der Fragebogen ..., mit Belohnung hieß es ... Das Habichtsnest ...«

Harald beugte sich interessiert vor. »Das Habichtsnest auf Mikromerika?«
»Mikromerika? Was ist das? Nein, ich meine ...«
»Heiko hat ein zweites Nest gefunden«, erklärte Erik, »direkt in Weidenstadt-Ostende. Niemand hat es bemerkt.«
Haralds Augen leuchteten. »Ein zweites Nest! Bist du ganz sicher?«
»Im Sommer habe ich die Vögel jeden Tag mit dem Fernglas beobachtet«, erzählte Heiko stolz. »Sie sind den ganzen Tag gekreist und immer wieder auf der großen Eiche gelandet. Meine ältere Schwester sagte, das seien Habichte und wahrscheinlich hätten sie ihr Nest auf dem Baum.«
»Seit dem Sommer?« Marios Stimme klang nicht gerade freundlich. »Wir haben den Fragebogen schon vor zwei Wochen verteilt. Warum meldest du dich erst jetzt? Wir hätten uns die elende Sucherei auf Mikromerika sparen können.«
»Aber Ziegie«, Lizzy sah Mario stirnrunzelnd an, »Heiko kann sicher nichts dafür. – Du bist erst sechs, stimmts?«
»Sechs Jahre und drei Monate«, kam es von Heiko.
»Er kann noch kaum lesen«, flüsterte Lizzy Mario zu.
»Meine Schwester wollte nicht, dass ich zu euch gehe«, piepste Heiko. »Sie sagte, ich würde sie bei ihren Freundinnen bis auf die Knochen blamieren.«
»Deine Schwester ist eine dumme Gans«, brummte Harald.
»Ja, genau!«, rief Heiko begeistert. »Am liebsten würde ich ohne sie in den Park gehen, aber meine Eltern lassen mich nicht. Ich sei noch zu klein. Alle lachen, wenn ich etwas sage; niemand glaubt mir. Das Habichtsnest und das Gespenst auf den Bäumen ...«
Eriks Griff um Heikos Schultern wurde fester. »Ein Gespenst im Baum?«

Jetzt sprudelten die Worte wie ein Wasserfall. »Ich habe es gesehen, immer wieder, aber alle lachen mich aus. Die Eichen mit dem Habichtsnest sind irre hoch. Niemand könnte hinaufklettern, nicht einmal mit einer Feuerwehrleiter. Aber das Gespenst turnt dort oben herum. Es schwingt sich von Baum zu Baum, wie Tarzan. Es kommt und verschwindet, ohne dass man es klettern sieht. Dann löst es sich in Luft auf, ich schwörs!«

»Wo der Habicht nistet, wo das Eichhörnchen turnt, dort, am Gipfel von Mystery, wo mich morgens die Sonne begrüßt«, wiederholte Harald die Worte aus dem Rätsel.

»Die Sonne geht im Osten auf, in Weidenstadt-Ostende!«, jubelte Mario.

Harald schnippte mit den Fingern. »Jetzt haben wir dich, Eichhörnchen! Sonja, trommle die Freaks zusammen. Wir treffen uns in zwei Stunden bei den Eichen von Ostende.«

Sonja nickte und rannte davon.

»Einen Moment noch«, meldete sich Erik. »Was ist mit unserem kleinen Freund? Ich finde, er hat eine Belohnung verdient.«

»Ah ja, richtig.« Harald grinste Heiko an. »Na, was können die Freaks für dich tun?«

»Äh, ich dachte ..., wenn es geht ...«

»Raus mit der Sprache!«

Heiko holte tief Luft. »Ich hätte gern einen Beinamen, so wie Harald der Schreckliche oder Erik der Rote.«

»Den bekommst du in Mystery irgendwann automatisch«, erklärte Mario. »Glaub mir, nicht jeder ist glücklich mit seinem Spitznamen.«

Harald heuchelte Erstaunen. »Tatsächlich? Bist du etwa unglücklich damit, Ziegenfreak?«

Ziegie schnitt eine Grimasse.
»Ja, eben!«, rief Heiko. »Ich möchte mir meinen Namen selbst aussuchen! Ich hasse es, wenn mich meine Schwester ›Minizwerg‹ nennt!«
Harald verkniff sich das Lachen. »Kann ich gut verstehen. Wie willst du denn in Zukunft heißen?«
»Heiko Habichtsauge!«, platzte der Knirps heraus.
Ziegie rannte prustend aus dem Zimmer und auch Haralds Gesicht zuckte verdächtig. Er konnte sich gerade noch beherrschen und sagte feierlich: »Von nun an sollst du in ganz Mystery Heiko Habichtsauge, persönlicher Freund von Harald, genannt werden. Du stehst unter dem Schutz der Super-User und aller Freaks. So soll es auf Flugblättern geschrieben stehen, die im Park verteilt werden. Bist du nun zufrieden?«
Heiko Habichtsauge schwelgte im Glück.
Kaum zwei Stunden später drängten sich nahezu alle Freaks und über hundert Neugierige um die acht Eichen in Weidenstadt-Ostende.
Misstrauisch starrte Harald nach oben. »Was meinst du, Karlo? Ob tatsächlich jemand da raufklettern kann?«
Der Chief lachte kurz auf. »Bestimmt nicht ohne Leitern oder Seile und ganz bestimmt nicht unbemerkt. Hat uns das frisch gebackene kleine Habichtsauge etwa angelogen?«
»Nein, das glaube ich nicht.«
»Heiko hat bestimmt nicht gelogen«, meinte auch Erik. »Mein Gefühl sagt mir, das Nest des Eichhörnchens ist dort oben. Ich fürchte, wir müssen wohl oder übel hoch hinauf, wenn wir das Rätsel lösen wollen.«
»Viel zu gefährlich«, warnte Karlo. »Wer von dort oben abstürzt, ist mausetot. Wir müssen Gigaplex um Hilfe bitten.«

»Nun mach mal nicht in die Hose!« Harald klopfte ihm auf die Schulter. »Ich melde mich freiwillig. Also, Kater, helfen mir die Technos dabei oder nicht?«

»Hm, wir könnten eiserne Klammern in den Stamm schlagen, um damit eine Art Leiter zu bauen. Der arme Baum!« Karlo tätschelte den mächtigen Stamm der Eiche. »Du musst die Klammern nacheinander in das Holz hämmern, während du kletterst. Das wird Schwerarbeit, Mann. Du wirst dich dabei nach jedem Höhenmeter anbinden, und zwar mit Seilen und Haken, kapiert?«

»Ja, Mami«, antwortete Harald. »Na dann, bereite alles vor. Halt, warte noch! Was ist das?« Er deutete nach oben. Ein winziger, leuchtend weißer Fallschirm löste sich aus einer Baumkrone und schwebte langsam nach unten.

»Der Maulwurf! Er ist oben!«, brüllte Ziegie. »Umstellt den Baum, Leute! Wir haben ihn in der Falle!«

Niemand achtete auf Sonja, die ihre Fernsteuerung am Gürtel streichelte. Der Fallschirm wurde von einem Elektromagneten in der Baumkrone festgehalten. Sonjas Funksignal löste den Magneten und der Fallschirm schwebte nach unten. Idee und Ausrüstung stammten von ihrem Verbündeten, Markus Stiebinger. Am Fallschirm hing ein Plastik-Ei, in dem das sechste Rätsel versteckt war.

Diesmal hatte Sonja den Rätseltext auf Papier ausgedruckt. Sie wollte sicher sein, dass niemand einen gefährlichen Kletterversuch wagte.

Erik riss seinem Bruder den Zettel aus der Hand. Er las:

»Das Eichhörnchen an die Freaks:

Endlich erscheint ihr blinden Bodenhüpfer! Kommt herauf in mein Nest, wenn ihr es wagt. Aber ich warne euch: Verwundet meinen Baum nicht! Alles

werdet ihr verlieren, wenn ihr die Rinde verletzt und an der großen Röhre kratzt. Geht das Problem von der Wurzel her an. Auf halbem Weg werdet ihr dem Ziel sehr nahe sein. Dann erst gebt dem, der fragt, eine KANALRATTE zu fressen.«
»Puh!«, ächzte Erik und reichte den Zettel an Harald weiter. »Äh, ich schlage vor, du übernimmst den Teil mit der Kanalratte, Alter.«

Vergeblich bewachten die Phantome bis spätabends die Bäume. Nur Ziegie ging frühzeitig nach Hause. Seinen Eltern heuchelte er Müdigkeit vor, verzog sich schon vor sechs Uhr in sein Zimmer und türmte unbemerkt durchs Fenster. Noch bevor die letzten Phantome nach Hause mussten, war Ziegie wieder auf seinem Posten unter den Eichen. Mit brennenden Augen starrte er nach oben. Doch niemand warf ein Seil herab und keine Gestalt kletterte affengleich den Stamm hinunter. Um halb sieben Uhr früh gab er zähneknirschend auf. War das Eichhörnchen tatsächlich ein Geist? Konnte es sich in Luft auflösen?
Erik lachte über Marios Bemühungen. Er deutete auf eine Textstelle des Rätsels: »›Alles werdet ihr verlieren, wenn ihr die Rinde verletzt und an der großen Röhre kratzt. Geht das Problem von der Wurzel her an …‹ Die Betonung liegt auf ›Röhre‹«, erklärte er. »Der Baum ist hohl, ganz klar. Das Eichhörnchen klettert innen hinauf und hinunter. Wahrscheinlich ist es durch einen geheimen Ausgang an der Wurzel entwischt, während ihr eure Nasen zum Himmel gestreckt habt.«
Lizzy und Sonja stimmten Erik zu. Sie achteten gar nicht auf Ziegies Bedenken und diskutierten darüber, was der Maul-

wurf mit »Kanalratte« gemeint haben könnte. Ziegie verließ grollend den Raum. Die anderen schienen es nicht einmal zu bemerken.

»Eingebildete Bande, wie?«, empfing ihn Harald. Er und Karlo lehnten am Getränkeautomaten und tranken Cola.

»Na ja, die drei sind wirklich schlau. Ich kann da nicht mithalten«, gab Mario zu.

»Angeber sind sie!«, schimpfte Karlo. »Wird Zeit, dass wir ihnen zeigen, dass auch andere Leute Grips haben.«

»Lass mal!«, wehrte Mario ab. »Mir raucht der Kopf vor lauter Rätseln.«

»Kein sinnloses Blabla mehr«, versicherte Harald. »Die Sache ist klar. ›Kommt herauf in mein Nest, wenn ihr es wagt‹, hat der Maulwurf geschrieben. Und seine einzige Bedingung ist, dass wir den Baum nicht verletzen. Wie wir das erreichen, ist schnurzegal, oder?«

»Aber«, gab Ziegie zu bedenken, »Erik glaubt, der Baum ist hohl. Ich finde, das klingt gar nicht so blöd.«

»Ziegie, machst du nun bei uns mit oder verlässt du dich lieber auf meinen Superbruder?«

»Ich bin bei euch«, entschied Mario. »Nur ..., euer Plan ist hoffentlich nicht lebensgefährlich?«

»Ich höre immer nur Gefahr.« Harald schlug mit der Faust auf den Tisch. »Sind wir Freaks oder Weicheier?«

»Lieber ein lebendes Weichei als ein toter Held«, konterte Ziegie.

»Wir sichern uns drei- und vierfach ab«, beteuerte Karlo. »Wir Technos sind schließlich nicht bescheuert.«

»Also machen wir es.« Haralds Augen blitzten. »Karlo, hast du die Ausrüstung bis zum Wochenende parat?«

»Übermorgen Vormittag bei den Eichen.«

»Und kein Wort zu meinem Bruder!«, warnte Harald.
»Oh, großer Manitu, worauf habe ich mich eingelassen!«, stöhnte Ziegie. Doch für einen Rückzieher war es zu spät.

Während Harald, Karlo und Ziegie eigene Pläne schmiedeten, grübelten Erik, Lizzy und Sonja über dem Rätseltext.
»Von der Wurzel her«, wiederholte Erik die Textstelle zum x-ten Mal. »Wir können doch nicht auf gut Glück rund um den Baum die Erde aufgraben.«
»Es muss einen Geheimausgang geben«, vermutete Lizzy.
»Ich weiß«, murmelte Erik. »Aber wo? Und was soll die Kanalratte?« Hilfe suchend sah er Sonja an. »He, aufwachen! Du fällst heute durch großes Schweigen auf. Hast wohl einen schlechten Tag erwischt?«
»Beim Stichwort Kanalratte falle ich dir ein?« Sonja zog eine beleidigte Miene.
»Jemandem, der fragt, sollen wir die Ratte zu fressen geben«, überlegte Lizzy. »Leider gibt es diese widerlichen Dinger auch in Mystery.«
»Jede Menge«, bestätigte Erik und amüsierte sich über Sonja, die angeekelt ihr Gesicht verzog. »Sogar hier, in den Kellern der Verwaltung, habe ich welche gesehen. Was sich in den U-Bahn-Tunneln abspielt, will ich gar nicht wissen. Wahrscheinlich wimmelt es dort vor …«
»Das U-Bahn-Netz!«, jubelten Erik und Lizzy gleichzeitig. Aufgeregt studierte Erik die Untergrundpläne. »Ich wette, die Schienen führen direkt unter den Eichen hindurch.«
»›Auf halbem Weg werdet ihr dem Ziel sehr nahe sein‹, hat der Maulwurf geschrieben. Auf halbem Weg bedeutet: zwischen den Haltestellen Verwaltung und Ostende.« Lizzy stupste Sonja.

»Nichts wie hin!« Erik sprang auf. »Worauf wartet ihr?«
Lizzy schüttelte den Kopf. »Geht nicht. Ich schreibe morgen eine Mathearbeit. Wenn ich heute nicht mehr übe, wird es eine einzige Katastrophe.«
»Oh nein!«, stöhnte Erik. »Dann verlieren wir Zeit.«
»Halb so schlimm.« Lizzy schlug ihm tröstend auf die Schulter. »Morgen ist Freitag. Ich schlage vor, wir verschieben die Suche aufs Wochenende.«
»Finde ich gut.« Sonja nickte.
Erik stimmte schließlich murrend zu.

Am Samstagmorgen riegelte Techno den Platz rund um die acht Eichen mit rotweiß gestreiften Bändern und Warntafeln ab.
Ziegies Phantome hatten alle Hände voll zu tun, um die vielen Neugierigen zu verscheuchen.
»Zum letzten Mal, zieht euch hinter die Absperrung zurück!«, befahl Ziegie. »Wartet wenigstens, bis die Pfeile abgeschossen sind. Alle über Achtjährigen sind für ihre kleineren Geschwister verantwortlich. Verschwindet endlich!«
Harald ließ sich unterdessen von einem der älteren Technos in die Funktion der Kletterausrüstung einweihen. Unter größter Sorgfalt wurde ihm das Brustgeschirr umgeschnallt, Seilkarabiner und Helm wurden überprüft.
»Ich bin so weit!«, rief er Karlo zu. Er lachte zwar, aber besonders wohl fühlte er sich nicht in seiner Haut.
Einer von Karlos Leuten machte gerade eine Spezial-Armbrust schussfertig. Die Waffe gehörte zur geheimsten Ausrüstung von Techno.
»Sieht gefährlich aus«, meinte Harald.
»Ein echtes Mordinstrument«, bestätigte Karlo. »So ein

Armbrustpfeil durchschlägt glatt ein drei Zentimeter dickes Brett. Man sollte die Dinger gesetzlich verbieten.«

»Das müssen wir wohl, weil andere Parkbesucher dank eures Vorbilds auf dumme Gedanken kommen könnten.«

Harald sah besorgt aus. »Wie wäre es mit folgendem Gesetz: ›Mystery-Park soll eine friedliche Welt bleiben. Wenn ihr eure Kräfte unbegingt messen müsst, dann tut es mit den Fäusten. Nur Feiglinge gehen mit Schusswaffen aufeinander los. Spielt jemand in Mystery mit gefährlichen Feuerwaffen, so wird seine Eintrittskarte von den Freaks gesperrt und er darf nicht mehr in den Park. Dasselbe gilt für alle Bogenwaffen mit einer Reichweite von über fünfzig Metern.‹«

»Klingt gut. Du wirst noch einmal Po-li-ti-ker«, spottete Karlo. »Ich verspreche, heute wird die Armbrust zum letzten Mal eingesetzt.« Gleich darauf gab er seinem Scharfschützen ein Zeichen.

Mit dumpfem Krachen ging die Armbrust los. Der abgeschossene Pfeil zog eine Leine mit sich, die über eine Rolle abgespult wurde. In elegantem Bogen warf der Harpunenpfeil die Leine über einen Hauptast der Eiche. Dutzende Zuschauer klatschten begeistert. Der Schütze spannte die Armbrust für einen zweiten Schuss. So wurde der Riesenbaum mit drei Leinen »geentert«.

Danach befestigten die Technos dicke Seile an den Leinen. Am Ende jedes Seils hing ein Flaschenzug mit durchgefädeltem Doppelseil.

Harald pfiff durch die Zähne. »Ganz schön kompliziert.«

»Sind doch bloß fünfhundert Meter Seil. An dem einen Seil wirst du hochgezogen wie in einem Lift. Die anderen beiden Seile dienen als Sicherung. Gürtel mit Hosenträgern, hahaha!« Karlo gab sich cool, dabei schwitzte er vor Aufregung.

»Das ist ungemein beruhigend«, murmelte Harald. »Lasst bloß nicht das Seil los!«
»Dreißig Hände halten und sichern dich. Wenn du willst, kann es sofort losgehen.« Karlo klinkte Harald in die Karabiner und überprüfte die Gurte. »Also dann, Leute, legt euch ins Seil! Und du – guten Flug!«
Es ging besser als erwartet. Spielend leicht wurde Harald hochgezogen. Obwohl er wusste, dass eigentlich nichts schief gehen konnte, fühlte er einen unangenehmen Druck im Magen. Er hasste es, wenn er selbst nichts tun konnte. Sein Leben lag in den Händen von Karlo und den Technos. Rasch näherte sich Harald dem Ziel. Er schwebte ungefähr fünf Meter unterhalb der Hauptkrone und sah sich um. Vor Staunen vergaß er seine Angst. Nur von hier oben konnte man erkennen, was die Architekten von Gigaplex vor neugierigen Augen versteckten. Kleine Baumhütten schmiegten sich wie verstreute Nester in die Äste der Rieseneiche. Strickleitern und Seilbrücken verbanden sie untereinander. Die Himmelsstadt ähnelte dem Netz einer Riesenspinne.
Harald betrachtete nachdenklich die am nächsten gelegene Hütte. Wie um alles in der Welt sollte er dorthin gelangen? Am besten besprach er die Sache noch einmal in Ruhe mit Karlo. Er machte das verabredete Zeichen: Runterlassen!
Das mulmige Gefühl in der Magengegend kehrte zurück, als er einige Meter weit absackte.
»Langsam, ihr Chaoten!« Karlos kommandierte.
Das Seil stoppte mit einem Ruck. Am Boden herrschte aufgeregtes, unverständliches Stimmengewirr.
Schließlich hörte Harald Karlo brüllen: »He, du da oben, wir haben ein Problem! Das Mistding von Flaschenzug hat sich verklemmt! Kannst du nachsehen, was los ist?«

Harald spähte zu dem Flaschenzug, konnte aber nichts entdecken. »Könnt ihr mich vielleicht noch einmal hochziehen?«, schrie er zurück.
»Nein, unmöglich! Wahrscheinlich ist das Seil von der Rolle gerutscht und steckt fest!«
»Ist ja toll! Und was soll ich machen? Fliegen etwa?«
Keine Antwort.
»He, ihr da unten, sitzt ihr auf den Ohren?«
»Einen Moment!«, antwortete Karlo. »Nur keine Panik!«
»Keine Panik!«, äffte Harald ihn nach. Seltsam, jetzt spürte er weniger Angst als vorhin.
»Hör zu!«, rief Karlo. »Du musst den Karabiner abhängen! Pass aber auf, dass du nicht das falsche Seil erwischst!«
»Sehr witzig!«, murmelte Harald. Er versuchte den Karabiner zu öffnen, doch es war nichts zu machen, weil sein ganzes Körpergewicht darauf lastete. »He, Kater! Hebt mich mit einem der Ersatzseile hoch. Aber nur ein Stück!«
Er fühlte, wie sich ein zweites, bisher lose durchhängendes Seil spannte. Der Karabiner wurde trotzdem nicht entlastet, vielmehr verteilte sich die Kraft auf die beiden Seile. Jetzt hing Harald fluchend auf einer trapezförmigen Schaukel.
»So wird das nichts«, erklärte Karlo. »Soll jemand die Feuerwehr rufen?«
»Niemals!«, schrie Harald. Die Rettungsaktion würde einen Riesenwirbel verursachen. Schon der Gedanke an kuriose Zeitungsberichte machte ihn wütend.
Kurz entschlossen zog er sein Taschenmesser aus der Hosentasche. Die scharfe Klinge durchtrennte das Kletterseil. »Peng!« Die letzten Fasern des Seils zerrissen. Harald pendelte in Richtung der anderen beiden Seile. Mit dem Bauch voran wurde er gegen den Stamm der Eiche geschmettert.

Nur seinem Helm verdankte er es, dass er sich dabei nicht schwer verletzte.
Nach dem Aufprall schaukelte er in die Gegenrichtung. Diesmal konnte er beobachten, wie auch das zweite Seil aus der Laufrolle sprang und sich verklemmte. Und wieder saß er zwischen Himmel und Erde fest.
Karlo verfluchte seine Leute wegen der Auswahl ungeeigneter Flaschenzüge. Er machte einen Versuch mit dem dritten Seil. Wenigstens das ließ sich bewegen!
»Hör zu, du Spinner!«, schrie er. »Wenn du noch einmal ein Seil durchschneidest, prügle ich dich windelweich! Wir holen jetzt die Feuerwehr. Bleib du ... He, bist du von allen guten Geistern verlassen! Aufhören!« Hilflos musste er zusehen, wie Harald sein Notseil mit dem Wurfanker vom Gürtel band. »Du bist ja lebensmüde!«, zischte er.
Harald hatte etwas entdeckt, das Karlos Augen verborgen blieb. Keine drei Meter von ihm entfernt befand sich das Geländer einer Baumhütte. Nach einigen Fehlwürfen verfing sich Haralds Wurfanker im Geländer. Mit aller Kraft zog er sich an dem Ankerseil an die Hütte heran. Am Ende fehlte nur noch ein knapper Meter. Das festgeklemmte Seil ließ ihm keinen Spielraum mehr.
»Kater, ihr müsst mir mehr Spiel geben!«, rief er, während er mit dem Messer am Halteseil sägte.
Karlo schloss die Augen, als auch das zweite Seil mit einem peitschenartigen Knall zerriss. Es dröhnte förmlich in seinen Ohren, als Harald gegen etwas Hölzernes krachte. Erst als Karlo seinen Freund von hoch oben jubeln hörte, atmete er auf. Die Menge jubelte.
»So werden wohl Helden geboren«, knurrte Karlo zutiefst erleichtert. »Wie sagt mein Opa: Um ein Held zu werden,

brauchst du weder Hirn noch Geschicklichkeit. Du musst bloß völlig verrückt sein.«

Erik, Lizzy und Sonja ahnten nichts von dem halsbrecherischen Treiben ihrer Freunde. Während Harald bei den acht Eichen Kopf und Kragen riskierte, stiefelten die drei durch den U-Bahn-Tunnel zwischen Verwaltungsgebäude Ost und Weidenstadt-Ostende.

Mit Taschenlampen leuchteten sie die Wände und den Boden nach Geheimtüren ab. Einmal entdeckten sie eine Ratte. Fast eine Stunde lang durchsuchte Erik die Stelle, wo das Tier in einem Loch verschwand.

Sonja zappelte vor Ungeduld. Ihre Freunde mussten doch nur auf die Computerschirme der Notrufsäulen sehen!

»Du verschwendest deine Zeit, Erik«, tippte sie. »Im Rätseltext heißt es: ›... gebt dem, der fragt, eine Kanalratte zu fressen.‹ Wen willst du hier fragen? Die Ratte etwa?«

»Vielleicht«, antwortete Erik. »Es ist sonst niemand hier.«

»Nur wir drei sind hier«, sagte Lizzy. »Wie wärs, Sonja, wir halten uns streng an den Rätseltext. Erik soll uns beide etwas fragen und wir geben ihm eine Kanalratte zu fressen.«

»Sehr komisch! Könnt ihr Frauen denn nie ernst bleiben?«

Sonja zögerte. Sollte sie ihren Freunden die Suche erleichtern? Warum eigentlich nicht? Sie waren ohnehin schon beim vorletzten Rätsel angelangt.

»Menschen können Fragen hinterlassen, in Wort oder Schrift. Ein Zettel vielleicht.«

»Daran habe ich längst gedacht«, murrte Erik. »Was glaubst du, was wir hier suchen?«

Ungeduldig zerrte ihn Sonja zu einer Notrufkonsole. Sie

packte ihn am Hinterkopf und drückte sein Gesicht sanft, aber entschlossen in Richtung Bildschirm.
Erik blies die Backen auf. »Ein Terminal? Die Notrufsäulen sind Computerterminals?«
Sonja tippte sich an die Stirn. »Du fährst seit Jahren im Untergrund spazieren und weißt nichts davon? Und was machst du, wenn du einen Unfall hast? Als mir Harald die U-Bahn gezeigt hat, habe ich ihn zuerst nach den Sicherheitseinrichtungen gefragt.«
»Na ja, du bist schließlich ein Mädchen, immer auf Vorsicht bedacht.«
»Hört auf, ihr zwei! Was soll die Streiterei!« Lizzy verdrängte ihre Freunde vom Bildschirm und las: »User-Namen eingeben.«
»Na bitte, das ist doch eine klare Frage, oder nicht?«
Sie tippte das Wort »Kanalratte« ein.
»Benutzer unbekannt«, erschien die Antwort. »User-Name eingeben.«
»Lass mich mal ran«, verlangte Erik. Er holte den Zettel mit dem Rätsel aus der Tasche und deutete mit dem Finger auf eine Textstelle. »Du musst die Kleinigkeiten beachten«, belehrte er Lizzy, die ihm dafür die Zunge herausstreckte. Das Wort ›Kanalratte‹ ist bestimmt nicht zufällig in Großbuchstaben geschrieben.«
»Angeber«, flüsterte Lizzy.
Erik grinste lässig und tippte »KANALRATTE« ein.
»Benutzer unbekannt. User-Name eingeben.«
Eriks Gesicht verzog sich zu einer enttäuschten Grimasse. Die Mädchen kicherten.
»Ach, rutscht mir doch den Buckel runter!« Er ließ das Ter-

minal links liegen und konzentrierte sich wieder auf die Tunnelwände.

Weiter ging die unterirdische Suche. Erik wurde von Minute zu Minute wütender. Die Mädchen gewannen immer mehr Vorsprung. Sonja hielt bei jeder Notrufkonsole, um die »KANALRATTE« einzugeben, obwohl sie selbst am besten wusste, dass das Passwort nur an einer einzigen Konsole funktionierte.

»Aus, Schluss!«, brüllte Erik schließlich. »Ich hab die Nase voll! Wir schicken einen Suchtrupp herunter. Ich hab Besseres zu tun als in muffigen Kanalröhren herumzuschnüffeln.«

»Er kommt in die Flegeljahre«, erklärte Lizzy, weil sie Sonjas unglückliches Gesicht bemerkte.

»Was ist? Kommt ihr mit zurück oder wollt ihr ohne mich weitermachen?« Erik blieb stur.

»Die U-Bahn-Station Weidenstadt-Ostende liegt näher.« Sonja wollte nicht aufgeben.

»Quatsch, zu Fuß sind wir schneller.«

Sonja tat, als hätte sie nichts verstanden. Verzweifelt ging sie weiter. Sie konnte die nächste Notrufkonsole bereits sehen. Die richtige Konsole! Sie waren so knapp vor dem Ziel. Lizzy fasste sie an der Schulter. Sonja aber schüttelte nur den Kopf und marschierte vorwärts.

»Oh Mann!« Erik drehte sich um die eigene Achse. »Seid ihr jetzt völlig übergeschnappt?«

Lizzy wandte ihm das Gesicht zu, damit Sonja sie nicht verstehen konnte. »Ich glaube, Sonja ist beleidigt. Musstest du so grob sein?«

»Wer, ich?«

»Ja, du Dummkopf! Sie himmelt dich an – und du? Nimm dir an deinem Bruder ein Beispiel. Der ist viel galanter.«

»Meinst du etwa Harald, genannt ›der Schreckliche‹? Ich lach mich schlapp! Du musst ja toll verknallt sein.«
Während hinter Sonja ein lautstarker Streit ausbrach, erreichte sie endlich die Notrufkonsole. Sie drehte sich zu ihren Freunden um. Als ihre Winksignale unbeachtet blieben, sprintete Sonja zurück und zupfte Lizzy am Zopf.
»Wenn ihr eben mal Zeit hättet, könntet ihr mir bei der Fütterung helfen«, lasen die Streithähne.
»Was soll das schon wieder heißen?« Erik stöhnte.
»Jemand hat Appetit auf eine Ratte.«
Als sich Erik mit glänzenden Augen über das Computerterminal beugte, war aller Streit vergessen.
»Geheimprojekt hängende Gärten. User-Name eingeben.«
Er berührte bereits die Tasten, als er es sich anders überlegte. »Sonja, du bist dran. Wenn ich dich beleidigt habe ...«
Sonja versetzte ihm einen sanften Rempler und lächelte ihn an. Dann gab sie das Kennwort »KANALRATTE« ein.
»Die Entschuldigung gilt auch für dich, Wildkatze«, flüsterte Erik Lizzy zu.
»Nicht nötig. Es tut ja so gut, wenn man richtig Dampf ablassen darf. Da schau! Sesam, öffne dich!«
Die Geheimtür zur Sperrzone öffnete sich. Vergnügt spazierte Sonja hinein. In der Schaltzentrale entdeckten sie alle Unterlagen über das Projekt hängende Gärten und eine Kurzbeschreibung der Aufzüge. Erik, Sonja und Lizzy einigten sich darüber, dass die gefahrvolle Himmelsstadt weiterhin vor anderen Parkbesuchern geheim bleiben musste.
Nur eines fanden sie nicht: das siebte Rätsel. Erik war der Meinung, es könne nur oben im Baum versteckt sein.
Diesmal ließ er den Damen nicht den Vortritt – aus Sicher-

heitsgründen, wie er sagte –, sondern quetschte sich als Erster in die Liftkabine. Als er oben ankam, schnappte er schockiert nach Luft.
»Hallo, Kleiner, bist du auch schon munter?«
»Du?«
Harald hielt sich eine unsichtbare Kamera vors Auge und tat, als schieße er ein Foto, ein Nahporträt seines Bruders.
»Wunderbar! Das Bild bekommt einen Ehrenplatz auf Muttis Schreibtisch. Jetzt noch von der Seite. Lächeln, bitte!«
»Hör auf mit dem Mist!«
Harald lachte. Als auch Sonja aus der Kabine trat, wurde er jedoch sofort wieder ernst. Denn Sonja war kreidebleich und schwankte. Wie konnte das nur geschehen? Sie hatte doch alles so genau geplant. Wenn Harald etwas passiert wäre, hätte sie allein Schuld. Sie fühlte sich sterbenselend. Sie und ihre dummen Rätsel!
»Ist ja gut!« Harald klopfte ihr sanft auf den Rücken. »Ich kann mir vorstellen, was du denkst. Aber ich bin nicht der Maulwurf. Ich bin nur ...«
»Ein leichtsinniger Affe!« Erik war außer sich. »Du hast doch hoffentlich bei diesem Stunt nicht die Rinde verletzt?«
»Was hat der Kleine?«, fragte Harald. »Warum so sauer?«
»Er ist heute ziemlich streitsüchtig«, erklärte Lizzy, die gerade den Aufzug verließ. Sie war ebenfalls überrascht, gab sich aber cool.
»`Du hättest zu Tode stürzen können`«, tippte Sonja. Ihre Augen schimmerten feucht.
»Ja, und jeden Tag könnte mich ein Auto überfahren«, entgegnete Harald. »Ich war dreifach gesichert. Es konnte gar nichts schief gehen. Sind wir nun die Super-User von Mystery oder sollen wir künftig mit Babyrasseln spielen?«

Sonja schluchzte nun tatsächlich. Sie konnte kaum mehr aufhören. Verwirrt starrte Harald auf das Häuflein Elend, das sich den Schock von der Seele weinte.
»Die spinnt heute schon den ganzen Tag«, flüsterte ihm Erik ins Ohr, während sich Lizzy um die Freundin kümmerte. »Verrückt, diese Mädchen! Übrigens, wie hast du es fertig gebracht, auf den Baum zu kommen?« Er grinste, als sein Bruder mit den Armen einen fliegenden Vogel imitierte. »Hab ich mir fast gedacht. Was soll das ...?«
Harald reichte Erik einen Zettel. »Das siebte Rätsel des Maulwurfs. Es wird uns allen Leid tun, wenn das Rätselspiel zu Ende ist.«
»Mir nicht«, versicherte Erik. »Gewinnen – nur darauf kommt es an.«
»Ich bin mir nicht so sicher«, meinte Harald nachdenklich. »Ich habe einmal eine Geschichte gelesen. Sie handelte von einer Fantasywelt, in der die Guten gegen die Bösen Krieg führten.«
»Ich brauche wohl nicht zu fragen, wer gewonnen hat.«
»Natürlich die Guten. Nur, sie waren zu erfolgreich und haben schließlich die ganze Welt erobert. Am Ende weinten sie, weil ihr Leben auf einmal öde war. Und sie flehten zu den Göttern, ihnen ihre alten Feinde wiederzugeben.«
»So eine blöde Geschichte! Du willst doch hoffentlich nicht vorschlagen, dass wir das letzte Rätsel ungelöst lassen?«
»Wenn wir den Zettel zerreißen ...«
»Bist du noch ganz dicht!« Erschrocken hielt Erik die Nachricht außer Reichweite seines Bruders.
»Wir müssen weitermachen«, forderte auch Lizzy.
Eifrig las sie mit Erik das siebte Rätsel durch, während Harald Sonja musterte. Er zwinkerte ihr verschwörerisch zu

und zog eine rosa Schleife aus der Tasche. Die Papierschleife gehörte zu einer Schachtel Pralinen, die Sonja als geheime Naschration auf ihrem Baum versteckt hatte.
Das Dumme war: Harald hatte die Pralinen selbst gekauft und die Schleife mit einem Koordinatennetz bemalt. Vor einigen Wochen nämlich, als Sonja das dritte Rätsel löste, bedankten sich die Freaks mit einer Tüte voller Süßigkeiten bei ihr.
Harald steckte die Schleife in die Hosentasche zurück und legte den Zeigefinger an den Mund.
Sonja nickte. Er wusste also, dass sie der Maulwurf war. Warum verriet er sie nicht? Er schien überhaupt nicht böse. Seelenruhig gesellte er sich stattdessen zu Erik und Lizzy. Die beiden diskutierten bereits heftig über die Bedeutung des letzten Rätsels.
»Das Eichhörnchen an die Freaks:
Willkommen in den hängenden Gärten des Eichhörnchens. Müde bin ich, denn der Sommer ist zu Ende und mich ruft der Winterschlaf. Doch will ich nicht schlafen, wenn mich tausend Abenteuer und Spiele locken. So sage ich euch nun Lebewohl. Ich ziehe mich zurück in den versunkenen Berg, wo ewiger Sommer herrscht. Folgt ihr mir nicht dorthin, dann werden das meine letzten Worte an euch sein und ihr werdet mich niemals finden.
Denkt über folgende Worte nach:
Bald wird der Frost die Welt beherrschen, wird die Verweichlichten und Feigen hinter den warmen Ofen jagen. Wolken werden aus dem Westen treiben, die nicht am Himmel geboren wurden. Erst dann kommt und sucht! Dort, am Geburtsort der weißen Wolken,

an der Spitze des versunkenen Berges Olymp, müsst ihr hinabtauchen in den ewigen Sommer. Und ich werde nie mehr einsam sein.«
»Klingt traurig«, flüsterte Harald. »Ich frage mich, ob wir dem Eichhörnchen einen Gefallen tun, wenn wir seine letzten Geheimnisse aufdecken.« Wie zufällig blieb sein Blick auf Sonja hängen. Sie nickte eifrig.
Als sie nacheinander mit dem Lift hinabfuhren, richtete es Sonja so ein, dass sie mit Harald für kurze Zeit allein auf dem Baum blieb. Sie wollte eine Frage tippen, doch ihr Freund schüttelte lächelnd den Kopf.
Er beteiligte sich weiterhin eifrig an der Auflösung des letzten Rätsels. Und bis zuletzt hielt er sein Wissen geheim.

Die Nacht der Haselmaus

Über Nacht wurde es Winter in Mystery-Park. Dicke Schneeflocken hüllten die Au-Landschaft ein und einige Weidenhütten wurden unter der Last der weißen Pracht schwer beschädigt. Die Nächte wurden so eiskalt, dass sogar die fließenden Gewässer zufroren. In solchen Nächten verkrochen sich alle Tiere tief in Erdlöchern, Laubhaufen oder Baumhöhlen. Der Park schlief einsam und verlassen. Ein einziger Name aber leuchtete grün auf den Computerlisten der Sicherheitskontrolle.
Singend und tanzend flitzte Christine, die Haselmaus, auf Schlittschuhen über das Eis. Heimlich war sie aus ihrem Zimmer geschlichen, wie so oft in sternklaren Nächten, um sich auf den Weg nach Mystery zu machen. Sie wusste, dass sie ein hohes Risiko einging. Wenn sie nachts durch die Eis-

decke brach, war sie in Lebensgefahr. Die Sicherheitsanlagen von Mystery wurden zwar so perfekt wie nur möglich geplant, aber nichts auf der Welt ist hundertprozentig. Auch das beste System kann versagen, wenn sich jemand absichtlich in Gefahr begibt. Immer wieder bat die Firma Gigaplex alle Parkbesucher, kein unnötiges Risiko einzugehen. Christine hielt sich für gewöhnlich daran. In diesem Fall war die Verlockung aber zu groß.

Flugschnee stob hinter den Kufen der Schlittschuhe auf, und die schwebenden Eiskristalle glitzerten im Mondlicht wie Elfenstaub. Von weitem wirkte das Mädchen beinahe selbst wie eine schwebende Fee, die einen Kometschweif aus schimmernden Eisfünkchen hinter sich herzog. Von Mikromerika aus war sie gestartet. Sie tanzte zwischen den im Eis eingeschlossenen Inseln und flitzte nach Süden, Richtung Biberkolonie.

Christine lauschte verzaubert ihrer eigenen Stimme. Nur ihre Lieder und das Knirschen der Kufen auf dem Eis unterbrachen die Stille. Vor ihr erschienen die Umrisse der Bärlappinsel. Der Mond leuchtete so hell, dass die Bäume Schatten warfen.

Mit einer eleganten Pirouette stoppte die Haselmaus ihren Lauf. Verwundert starrte sie zu der Insel. Der Mond stand genau im Osten. Warum aber warfen die Bäume ihre Schatten in Nord-Süd-Richtung?

Je länger sie ihre Augen anstrengte, desto deutlicher erkannte sie einen rötlichen, flackernden Schimmer. Einen Augenblick lang schwankte das Mädchen zwischen Furcht und Neugierde. Etwas Sonderbares, Magisches ging dort, am einsamsten Ort Mysterys, vor sich. Behutsam näherte sie sich dem geheimnisvollen Bereich.

An der nördlichsten Landspitze machte sie Halt. Sie montierte die Kufen ihrer Schlittschuhe ab und schlich so lautlos wie möglich durch den Wald. Der hart gefrorene Schnee knirschte unter ihren Schuhen. Doch leichtgewichtig huschte sie darüber hinweg ohne einzubrechen. Schon blieb der Waldteil der Insel hinter ihr zurück. Ihre Aufmerksamkeit galt dem Weidendickicht, von dem der helle Schimmer ausging.

Aus der Ferne hörte sie ein gequältes, trockenes Husten. Wer war nur so verrückt, bei der schlimmsten Kälte hier zu kampieren? Die Haselmaus zog ihren Rollkragen übers Kinn. »Ich selbst«, dachte sie, »bin verrückt genug, in einer Winternacht hierher zu kommen. Warum sollten andere nicht dieselbe Idee haben?«

Auf der kleinen Lichtung am Ententeich brannte ein Lagerfeuer. Das Zischen und Knacken des feuchten Holzes übertönte alle Geräusche. Der Rauch des Feuers verschlimmerte Daniels Husten noch. Trotzdem musste er sich so nahe wie möglich an die Flammen setzen, um nicht zu erfrieren.

Christine war erschüttert. Da hockte ein Junge, zitternd und in eine dünne Decke gehüllt. Seine Augen waren verschwollen und glänzten fiebrig. Ab und zu nippte er an einem Becher, gefüllt mit dampfender Flüssigkeit.

Christine trat in den Feuerschein. Die Augen des Jungen weiteten sich. Vor seinem Blick verschwamm die Besucherin zu einer geisterhaften Erscheinung. Weißer Pelz umsäumte ihre Lederjacke. Eiskristalle glitzerten in ihrem Haar. Eine Fee? Ein Engel?

Er schüttelte verwirrt den Kopf. Das Bild klärte sich. Ein Mädchen stand vor ihm. In ihren eisblauen Augen spiegelte sich der Feuerschein.

Daniel versuchte erst gar nicht zu flüchten. Er wusste, in seinem geschwächten Zustand konnte sie ihn mühelos einholen. Das Mädchen legte ihm die Hand auf die Stirn. Ihre Finger fühlten sich zart und kühl an. Sie nahm ihm den Trinkbecher aus der Hand und roch daran.
»Pfefferminztee? Einen derart schlimmen Husten kann man nicht allein mit Tee heilen. Ich glaube, du hast eine Lungenentzündung.«
Daniel nickte traurig. »Ich werde sterben. Aber wen kümmert das schon!«
Christine sah ihn verblüfft an. »Mich. Mich kümmert es.«
»Ist doch egal.«
Die Haselmaus sah sich in dem Lager um. Sie durchsuchte das Zelt, das Boot und die Ausrüstung. »Du bist ausgerissen, stimmts?«
Daniel antwortete nicht. Er starrte in die Flammen.
»Hör mal, ich weiß nicht, wer du bist, woher du kommst und warum du ausgerissen bist. Ich weiß nur, dass du ärztliche Hilfe brauchst. Du kannst hier nicht bleiben.«
Daniel blieb weiterhin stumm.
»Ich hoffe, dass du nicht einfach verduftest, während ich Hilfe hole. Wirst du auf mich warten?«
Keine Antwort.
Christine seufzte. »Wenn ich alle Spuren richtig deute, dann lebst du seit dem Sommer hier. Merkwürdig, dass dich niemand sucht. Was ist mit deinen Eltern?«
»Warum lässt du mich nicht in Ruhe?«, krächzte Daniel. Er war so heiser, dass man ihn kaum verstand. »Ich bin bestimmt nicht mehr lange hier. Lass mich einfach gehen.«
»Gehen? Wohin denn? Wenn du hier bleibst, wirst du nur noch einen einzigen Weg gehen – in den Himmel.«

»Bitte, lass mich gehen.« Daniel stammelte. »Ich muss gehen. Sie warten dort oben auf mich.«

»Wer wartet?«

»Meine Eltern.«

Christine begriff: Die Eltern des Jungen waren tot. Sie kramte in ihrer Jackentasche und holte ein paar Fruchtbonbons hervor. Ohne nachzudenken griff Daniel danach. Das Mädchen schnappte sich seine Hand und drückte sie. »Ich heiße Christine. Meine Freunde nennen mich Haselmaus.«

»Daniel ...«

»Daniel, wovor hast du Angst?«

»Sie werden kommen und mich holen, wenn du mich verrätst.«

»Niemand darf dir etwas zuleide tun. Aber du musst dir von mir helfen lassen. Mein Vater ist Arzt. Ich kann dich zu ihm bringen.«

»Kein Arzt!«, keuchte Daniel. Er kämpfte mit einem Hustenanfall. »Jeder Arzt wird mich bei der Polizei anzeigen.«

»I wo, du bist doch schließlich kein Verbrecher.«

»Doch! Ein Schwerverbrecher bin ich, ein Mörder!«

Nun war es heraus. Daniel glaubte zu sehen, wie Christine ängstlich vor ihm zurückwich.

»So ein Schwachsinn«, murmelte sie unsicher.

»Ist mir egal, was du denkst«, erwiderte Daniel. Er schlürfte seinen Tee, weil ihn das Sprechen schmerzte. »Jedenfalls gehe ich nicht in ein Erziehungsheim. Eher sterbe ich. Und solltest du jemanden hier anschleppen, dann wirst du mich nicht mehr finden. Ist mir egal, ob ihr mit Hunden oder Suchgeräten arbeitet. Niemand findet mich!«

Christine suchte verzweifelt nach einem Ausweg. Sie glaubte zwar nicht, dass dieser todkranke Junge weglaufen konn-

te, andererseits durfte sie sich nicht darauf verlassen. Wenn er sich tatsächlich verkroch, würde er zugrunde gehen.
»Hör zu, ich muss dich für kurze Zeit alleine lassen. Schwörst du mir, dass du noch hier bist, wenn ich wiederkomme?«
»Ich schwöre gar nichts.«
»Sturer Esel! Na schön, ich mache dir einen letzten Vorschlag. Wenn ich dir mein Ehrenwort gebe, dass ich dich nicht verrate – kommst du dann mit mir? Willst du versuchen gesund zu werden?«
»Mit dir kommen? Raus aus dem Park? Ich gehe nicht ins Erziehungsheim.«
»Nein, wir verlassen Mystery nicht, sondern gehen nach Mikromerika. Das ist eine große Insel im Stausee.«
Daniel wollte etwas sagen, doch Christine unterbrach ihn, als er nur den Mund aufmachte. »Ich will jetzt nichts mehr hören! Hier überlebst du bestimmt nicht mehr lange. Bevor ich es zulasse, dass du stirbst, schleppe ich dich in Fesseln von hier fort. Na, was ist? Kommst du freiwillig mit?«
»Ich gehe nicht ins Erziehungsheim«, wiederholte Daniel stur. Er schwankte, als kippe er jeden Moment um. Seine Augenlider wurden schwer.
Christine packte ihn an der Schulter und schüttelte ihn. »He du, nicht einschlafen! Bitte, vertrau mir!«
Sie ließ sich auf keine weitere Diskussion ein, kroch in das Zelt und holte einiges an Ausrüstung hervor.
Keine halbe Stunde später lag der Junge dick vermummt in seinem Schlafsack, während ihn die Haselmaus samt dem Boot über das Eis zerrte. Endlos lang erschien ihr der Weg bis zur Ziegeninsel. Sie leistete Schwerarbeit, schwitzte und keuchte.

Sie ahnte, es war ein Wettlauf gegen die Zeit. Die dünnen Decken und der alte Schlafsack konnten den Jungen nicht lange warm halten.
Am Ufer der Ziegeninsel kippte sie ihn einfach aus dem Boot. Auf ihrem Rücken schleppte sie ihn zum geheimen Eingang der U-Bahn. Sie wunderte sich selbst über die Kraft, die sie entwickelte. Denn obwohl Daniel abgemagert war, wog er mehr als die zierliche Haselmaus.
Der vollautomatische U-Bahn-Zug trug die beiden in Windeseile nach Mikromerika. Dort durchsuchte Christine die unterirdische Schaltzentrale des Bahnhofs. Insgeheim verfluchte sie die Techniker von Gigaplex, weil sie nirgendwo eine Heizung eingebaut hatten.
Unermüdlich trug die Haselmaus ihren Patienten zur schwimmenden Insel, die Harald »Karlos Schande« getauft hatte. Dort zog sie ihn aus wie ein kleines Kind und setzte ihn in den geheizten Whirlpool.
Daniel fielen in dem heißen, brodelnden Wasser die Augen zu. Endlich Wärme! Er fühlte sich wohlig matt und geborgen. Währenddessen schürte Christine drei gewaltige Lagerfeuer. Sie hievte den erschöpften Jungen aus dem Pool, trug ihn zwischen die Lagerfeuer und rieb ihn sorgfältig trocken. Daniel schlief sofort ein. Die Haselmaus aber machte sich schnellstens auf den Weg nach Hause.
Um halb drei Uhr morgens weckte sie ihren Vater.
»Schlimm, wirklich sehr schlimm«, sagte ihr Vater schließlich, während er sich anzog und seine Tasche mit der Notausrüstung schnappte. »Wenn alles so ist, wie du sagst, muss ich den Jungen sofort in eine Klinik einweisen.«
Christine protestierte. »Das darfst du nicht. Ich habe ihm mein Ehrenwort gegeben.«

»Ich weiß, meine Maus. Aber ich verstoße gegen das Gesetz, wenn ich einen todkranken Patienten nicht sofort ins Krankenhaus bringe.«
»Und was ist, wenn sie ihn wirklich in ein Heim für schwer erziehbare Jugendliche stecken? Dann bin ich schuld.«
»Was ist dir wichtiger, dein Ehrenwort oder Daniels Leben?«
Christine ließ den Kopf hängen. Ihr Vater beobachtete sie.
»Dass er gesund wird«, flüsterte sie.
Der Vater wischte ihr die Tränen aus den Augen. »Gut, Christine. Ich werde Daniel hier in meiner Praxis behandeln. Wenn alles gut geht, vergessen wir einfach, dass der Junge hier war.«
»Und wenn es herauskommt?«
»Es gilt die ärztliche Schweigepflicht. Das Vertrauen meiner Tochter ist mir außerdem wichtiger.«
Christine sprang auf und umarmte ihren Vater so heftig, dass beide ins Schwanken kamen.
»Ich hab dich lieb.«
»Ich dich auch, mein Mädchen.«

Der Computer am Eingang Ostende akzeptierte den Eintritt des Erwachsenen anstandslos, als er sich als Arzt auswies.
Es stand schlimm um Daniel. Die Lagerfeuer waren niedergebrannt und spendeten kaum noch Wärme. Es dauerte einige Zeit, bis der Junge Christine und ihren Vater überhaupt bemerkte. Gefährlich hohes Fieber schüttelte ihn. Er phantasierte von Blut und Hunden.
Die U-Bahn trug die drei zurück zum Parktor Ostende. Mit dem Auto brachten sie Daniel in die Arztpraxis.
Daniel verschlief ganze Tage. Wenn er zwischendurch erwachte, erzählte er von seiner Flucht. So erfuhr Christine

auch, wie der Junge die streng gesicherten Sperren von Mystery durchdringen konnte. Nach reiflicher Überlegung informierte sie Markus Stiebinger, der sich sofort an seinen Paddlerfreund erinnerte. Er versprach, möglichst schnell für Daniels Zukunft zu sorgen.

Zwei Wochen später durfte Daniel wieder in den Mystery-Park übersiedeln. Dort lag er, von Christine und den Freaks gut versteckt, in einem geheizten Zimmer von Verwaltungsgebäude Ost. SSU Erik schenkte ihm eine gefälschte Magnetkarte, damit er vom Computer nicht als namenloser Eindringling erkannt wurde. Selbst Ziegie freute sich, dass er endlich das geheimnisvolle Wichtelmännchen kennen lernte. Die getöteten Ziegen waren vergeben und vergessen. Seine Retterin Christine aber verehrte Daniel seitdem wie sonst niemanden auf der Welt. Wahre, unzertrennliche Freunde wurden sie. Und sie blieben es ein Leben lang.

Mount Olympus

»Bald wird der Frost die Welt beherrschen, wird die Verweichlichten und Feigen hinter den warmen Ofen jagen. Wolken werden aus dem Westen treiben, die nicht am Himmel geboren wurden. Erst dann kommt und sucht! Dort, am Geburtsort der weißen Wolken, an der Spitze des versunkenen Berges Olymp, müsst ihr hinabtauchen in den ewigen Sommer. Und ich werde nie mehr einsam sein.«

So hieß es in der letzten Botschaft des Eichhörnchens.

Es war Mitte Dezember. Eine dicke Eisschicht lag auf dem

See. Die Bäume bogen sich unter ihrer schweren Schneelast. Jetzt, da der Frost die Welt beherrschte, konnten die Freaks nach der Lösung des siebten Rätsels suchen. So schwärmten sie gemeinsam auf Schlittschuhen aus, den Blick stets gegen Westen, auf die Wolken gerichtet.
Die Super-User beteiligten sich nicht an der Suche. Sie saßen bei Lizzys Weidenhütte auf Mikromerika am wärmenden Feuer und diskutierten. Ab und zu tippte Erik etwas in seinen Laptop. Doch in keiner Datei fand er Hinweise auf einen Berg namens Olymp.
»Es gibt gar keine Berge in Mystery«, beschwerte er sich. »Hier findet man nur Wasser und Flachland.«
Harald nickte. »Warum schrieb der Maulwurf aber von einem versunkenen Berg? Vielleicht ist das Wort ›Berg‹ nur eine Ablenkung.«
»Oder es ist eine Insel«, schlug Lizzy vor.
Harald sah sie erstaunt an. »Insel? Wie kommst du darauf?«
»In der Schule haben wir vorige Woche die Atlantis-Legende durchgenommen. Manche Forscher vermuten, dass einige Inseln im Meer die Bergspitzen von Atlantis sind.«
»Verstehe«, murmelte Erik. »Ich glaube nicht, dass du auf der richtigen Spur bist.«
»Und warum nicht?«
»Sieh her.« Er rief eine Computer-Landkarte von Mystery auf den Bildschirm. »Es müsste eine Insel im Westen sein, die wie eine Bergspitze aussieht. Niemand kennt das westliche Inselmeer so gut wie ich, weil dort mein Seeräubernest Corsar liegt. Die Gegend ist absolut unverdächtig.«
»Das war meine Whirlpool-Insel auch, als sie Karlo zum ersten Mal besuchte«, erinnerte ihn Lizzy. Ihre Augen wurden plötzlich groß. Aufgeregt deutete sie auf den Whirlpool.

»Da! Wolken, die nicht am Himmel geboren wurden! Weiße Wolken, seht nur!«

Erik sprang so schnell auf, dass ihm beinahe sein Laptop aus den Händen glitt.

Tatsächlich! Das heiße Wasser im Whirlpool bildete weiße Dampfschwaden in der eiskalten Luft.

»Ich werd verrückt!«, stöhnte er. »Jetzt ist mir auch klar, was die Stelle bedeutet: ›Am Geburtsort der weißen Wolken müsst ihr hinabtauchen.‹ Wildkatze, du bist Spitze!«

»Wusste ich doch schon immer.« Lizzy kicherte.

»Der Haken daran ist nur«, sagte Harald, »dass die Whirlpool-Insel kein versunkener Berg ist, sondern ein schwimmendes Floß.«

»Das macht nichts«, tröstete Erik. »Es kann eine zweite Insel geben. Bloß wo?« Seufzend betrachtete er die Computerkarte. »Ich wünschte, Sonja wäre hier. Immer wenn wir drei nicht mehr weiterwissen, hat sie eine gute Idee. Ohne sie sind die Super-User von Mystery nicht komplett, finde ich.«

»Oh, ist der Kleine versetzt worden? Hat er etwa Liebeskummer?«

»Das würde mich nicht wundern«, sagte Lizzy. »In letzter Zeit lässt sich Sonja nur selten in Mystery sehen. Und wenn sie hier ist, steckt sie mit einem gewissen Harald zusammen. Verdächtig oft, finde ich.« Lizzy klang beleidigt.

Auch Erik sah seinen Bruder misstrauisch an.

Harald amüsierte sich großartig über die Eifersucht der beiden. Er blinzelte seiner besten Freundin zu und lachte dann so mitreißend, dass sich ihr Ärger augenblicklich legte.

Erik wusste nicht, was er von all dem halten sollte. Er war verwirrt. Diese Mädchen! Die machten einem nur Sorgen.

»Seht mal, wer da kommt.« Harald deutete auf den zugefrorenen See. Eine Eisläuferin flitzte in ihre Richtung.
»Hallo, Haselmaus, was gibts Neues?«, begrüßte sie der First-Super-User.
Christine überstaubte die Freaks bei ihrem Bremsschwung mit feinem Flugschnee. »Ziegie schickt mich. Ich soll euch zu dem Ort führen, wo die Wolken geboren werden.«
»Wo?«, fragte Erik aufgeregt.
»Mitten in den Schlangenhügeln von Westende. Ziegie versammelt dort die ganze Mannschaft. Er will auf euch warten, bevor er etwas unternimmt.«
Sofort zogen die Super-User ihre Schlittschuhe an und folgten der Haselmaus.
»Westende?«, erkundigte sich Erik, während sie alle vier über das Eis glitten. »Dann ist der Berg Olymp überhaupt keine Insel?«
»Es ist nur einer von vielen öden Erdhügeln im Au-Wald«, erklärte Christine. »Der Westeingang von Mystery wird wenig benutzt, weil keine Stadt in der Nähe liegt. Niemand besucht die Schlangenhügel im Sommer, denn dort gibts Brennnesseln, Schlangen und Stechmücken im Überfluss.«
»Klingt verlockend.« Lizzy schüttelte sich. »Und der Berg Olymp? Wie sieht er aus?«
Christine lachte. »Berg? Der Name ist übertrieben. Der Olymp sieht aus wie ein Mini-Vulkan. Der Kratersee misst ungefähr zehn Meter im Durchmesser und der umgebende Wall ist nicht höher als fünf Meter. Ich bin nicht sicher, ob es wirklich der Ort ist, den wir suchen. Ziegie glaubt aber fest daran.«
»Das Wasser dort ist heiß, wie in unserem Whirlpool, nicht wahr?«, fragte Erik.

»Oh ja, sehr heiß. Man sieht es schon von weitem.« Sie deutete auf das Westufer. Unübersehbare Dampfschwaden markierten das Ziel.

Am Fuß des Mini-Vulkans wurden sie ungeduldig erwartet. Bei den Freaks herrschte Hochstimmung. Nur Erik verzog enttäuscht die Mundwinkel. Wieder suchte er vergeblich nach Sonja. Wo zum Teufel steckte sie? Monatelang hatten sie gemeinsam den Maulwurf gejagt. Und jetzt, so kurz vor dem Ziel, sollte sie nicht dabei sein?

Er konnte nicht ahnen, dass Sonja in diesem Augenblick vor den Computerkontrollen des Mount Olympus saß und ihn über eine Überwachungskamera beobachtete. Sie wollte sichergehen, dass ihren Freunden beim letzten Rätsel kein Missgeschick passierte.

»Na endlich, ihr lahmen Kröten!«, rief Mario. »Wo bleibt ihr denn so lange? In zwei Stunden wird es dunkel.«

»Hat dich was gebissen, Ziegie?« Harald lachte über seinen Freund, der vor Aufregung wie ein Ziegenbock herumhüpfte. In Wahrheit erging es Harald nicht besser. Er konnte sich vor Ungeduld kaum mehr halten. Obwohl es eisig kalt war, zog er Jacke, Pullover, Hemd und Schuhe aus. »Wer von euch taucht mit mir hinab in den ewigen Sommer?«

»Ich!«, schrie Lizzy. »Seit ich den Whirlpool kenne, habe ich immer mein Badezeug dabei. Das wird ein Spaß!«

Wortlos zogen sich auch Erik, Ziegie und Karlo aus. Nur mit ihren Jeans bekleidet, glitten sie in das Wasserloch. Bald schwammen sie zu fünft suchend durch dichte Dampfschwaden. Das Wasser war noch heißer als im Whirlpool auf Mikromerika.

»Elende Sauna!« Karlo schnaufte. »Wo seid ihr, Leute? Man sieht hier nicht mal die eigene Hand vor den Augen.«

»Lass das!«, hörte man Lizzy schimpfen. »Hör auf, mich zu begrapschen!«

»Ich grapsche nicht!«, protestierte Erik. »Was kann ich dafür, wenn du mir dauernd in die Quere kommst? He, Alter, siehst du irgendetwas?«

»Nicht die Bohne«, antwortete Harald. »Ich spüre nur diesen Trampel von Ziegie, wenn er mir in den Rücken tritt. Ich werde jetzt tauchen. Vielleicht kann ich unter Wasser etwas sehen.« Er holte tief Luft und tauchte ab. Seine Hoffnung war schnell dahin. Das Wasser war milchig trübe, die Sicht gleich null. Plötzlich erfasste ihn ein unwiderstehlicher Sog und zog ihn hinab.

»Harald!«, rief Lizzy nach einer Weile. Sie erhielt keine Antwort. Zehn Sekunden, zwanzig Sekunden, dreißig Sekunden verstrichen. »Harald! Bist du da?«

»Er kommt nicht mehr hoch!«, schrie Erik entsetzt. Auf der Stelle tauchte er seinem Bruder hinterher und stieß mit Lizzy zusammen, die ebenfalls keinen Augenblick länger wartete. Ziegie und Karlo folgten ihnen Sekunden später.

Sie tauchten ungefähr zwei Meter tief. Wie tief war dieses Becken? Zum Nachdenken blieb keine Zeit. Lizzy spürte den Sog als Erste. Hilfe suchend fasste sie nach Eriks Arm. Der Junge geriet in Panik und wehrte sich, doch Lizzy umklammerte ihn voller Angst. Gemeinsam wurden sie wie von einem Riesenstaubsauger in ein Rohr gerissen.

Ganz unerwartet ragten ihre Köpfe wieder aus dem Wasser. Sie schnappten nach Luft. Dann fielen sie schreiend, noch immer aneinander geklammert. Zwei Meter, drei Meter ... Mit einem Wasserschwall landeten sie auf einer steilen Rutschbahn. Hinter sich hörten sie Ziegie und Karlo brüllen. Abwärts ging es!

Draußen am Beckenrand riefen die Freaks vergeblich nach den Freunden. Christine starrte schockiert auf den Vorhang aus weißem Dampf. War dieser Mini-Vulkan eine Todesfalle? Sie sah sich Hilfe suchend um. Überall ratlose Gesichter. Christine nahm ihre ganze Energie zusammen. »Du da!« Sie deutete auf einen von Ziegies Phantomen. »Lauf so schnell du kannst zum nächsten Telefon! Ruf die Rettung, die Feuerwehr und die Polizei. Du und du, ihr zischt ab zum Verwaltungsgebäude West und holt ein Seil. Ihr beide sucht einen langen Ast, mit dem ihr mich absichern könnt. Ich werde selbst tauchen. Jemand soll Gigaplex verständigen. Und vergesst nicht ...«

»Halt, halt!«, rief jemand. »Warte, bevor du auch noch die Bundeswehr und den Katastrophenschutz alarmierst.«

Christine drehte sich um. Vor ihr stand ein Mann, den sie kannte: Markus Stiebinger.

»Sie? Was machen Sie denn hier? Bitte helfen Sie uns! Unsere Freunde ertrinken!«

Stiebinger verzog das Gesicht zu einem breiten Grinsen. »Ihr braucht euch keine Sorgen zu machen. Es ist alles in Ordnung.«

»Wie?« Christine schaute ihn zweifelnd an. »Aber wo sind sie denn?«

»Da unten, im versunkenen Berg.« Er deutete auf den Boden. »Ach, übrigens«, er wies in Richtung Verwaltungsgebäude West, »in genau dreißig Minuten wird sich in diesem Gebäude, Zimmer sieben, eine Geheimtür öffnen. Tretet ein und fahrt mit dem Lift nach unten. Alles, was ihr im Untergrund findet, dürft ihr gratis benützen. Viel Spaß!«

Vor den Augen der überraschten Freaks warf er sich angekleidet ins Wasser, tauchte unter und verschwand.

Währenddessen erlebte Harald die tollste Rutschpartie seines Lebens. Der Weg, den er in wilden Schlangenlinien zurücklegte, erschien ihm endlos. Das musste die längste Wasserrutsche der Welt sein. Er war noch längst nicht gelandet, als er bereits Lizzys Jubelrufe oben am Gipfel der Rutsche hörte, die sich mit Karlos Flüchen mischten.
Endstation war ein hellgrün gekacheltes Schwimmbecken, in dem klares, nach Chlor riechendes Wasser funkelte. Ein »Platsch« – und Harald war am Ziel. Sein Herz klopfte. »Mystery ist wirklich nichts für Leute mit schwachen Nerven«, dachte er, während er zum Beckenrand schwamm.
Staunend sah er sich um. Ein Hallenbad, tief unter der Erdoberfläche. Und was für eines! Eine Hightechwelt der Superklasse! Überall summten vollautomatische Kehrmaschinen und Reinigungsroboter; an nahezu jeder Ecke gab es Computerterminals. Bewässerungscomputer sorgten für die Blattpflanzen und Blumen. Künstliche Bäume reichten bis unter die Hallendecke. Seile, Schaukeln und Strickleitern baumelten daran herab. Inseln erhoben sich aus dem Wasser. Pflanzentunnel und Kanäle verbanden mehrere Becken miteinander. Dazu gab es Whirlpools, Fontänen, Luftsprudel und künstliche Wasserfälle, wunderschön mit farbigen Lichtern ausgeleuchtet. Kurz gesagt, es war ein unterirdischer Märchen-Dschungel!
Jetzt endlich begriff Harald das letzte Rätsel. Nicht im Wasser war dieser Berg Olymp versunken, sondern im Erdboden! Ob es in den Keller-Ebenen von Aurora ähnlich aussah?
Auch Lizzy, Ziegie und Karlo bestaunten die Wunder dieser versunkenen Welt. Nur Erik rannte unruhig hin und her.
»Was ist?«, fragte Harald seinen Bruder. »Suchst du was?«
»Na, was schon? Den Maulwurf will ich finden. Wo ver-

kriecht er sich?« Lauthals schrie er: »Maulwurf, wir sind hier! Komm aus deinem Versteck, du Feigling!« In diesem Moment hörte er von der Rutsche ein lautes Platschen.
»Wer ist hier ein Feigling?«, brummte jemand.
Harald eilte an den Beckenrand und half dem Schwimmer an Land.
»Markus Stiebinger!« Erik stöhnte. »Er ist also der Maulwurf! Gigaplex hat uns die ganze Zeit über zum Narren gehalten.« Seine Augen blitzten.
Stiebinger lachte. »Erik der Rote, du irrst dich gewaltig. Warum sollten wir euch zum Narren halten? Weißt du nicht, warum Gigaplex den Mystery-Park gebaut hat?«
Erik hob verwirrt die Schultern. »Nein, woher auch?«
»Dann werde ich es dir verraten.« Stiebinger ließ sich auf einem Liegestuhl nieder und lehnte sich zurück.
»Wir von Gigaplex wollen die absolute Spitze sein. Unsere Computer sind die besten und modernsten der Welt. Wir bauen die Technik der Zukunft für den Menschen der Zukunft. Darum müssen wir uns jeden Tag überlegen, wie unsere Welt in Jahren und Jahrzehnten aussehen könnte.«
»Und wie wird sie aussehen?«, fragte Harald gespannt.
»Nun«, murmelte Stiebinger, »seit langer Zeit wird die Natur von der Technik zerstört. Wir können nicht weitermachen wie bisher, sonst werden Wälder, Wiesen und viele Tiere eines Tages ausgerottet sein.«
»Aber was hat das mit Mystery-Park zu tun?«, fragte Lizzy.
»Das will ich gerade erklären. Wir von Gigaplex haben uns gefragt: Könnte man Natur und Technik nicht verbinden? Also bauten wir ein kleines Paradies, in dem Pflanzen, Tiere und modernste Technik eine harmonische Einheit bilden – die Welt der Zukunft: Mystery-Park!«

Harald pfiff durch die Zähne. Er war fasziniert.
Stiebinger nickte ihm zu. »Diese Welt der Zukunft wäre ohne menschliche Bewohner langweilig. Ihr, die Freaks, seid lebenswichtig für Mystery-Park. Für alles, was diesen Park so großartig macht, seid ihr verantwortlich.«
»Verantwortlich?«, wiederholte Lizzy.
Stiebinger seufzte. »Ihr könnt Mystery-Park mit einem Computerspiel vergleichen. Die Techniker von Gigaplex bauen nur die Spiele-Levels. Ihr Freaks und alle anderen Parkbesucher sind die Spieler. Jedes Mal, wenn ihr eine Idee habt oder ein Abenteuer erlebt, beginnt in Mystery ein neues großartiges Spiel.«
»Klingt gut«, murmelte Erik. »Doch welchen Sinn hat das?«
»Wir wollen, dass ihr daraus lernt. Denn wir alle, Gigaplex, Europa, Amerika, die ganze Welt, werden euch brauchen. Wir brauchen Menschen mit Phantasie. Und diese Menschen sollt ihr sein: die Generation Future!«
»Aha.« Erik nickte, obwohl er nicht alles begriffen hatte. Ihn interessierte momentan etwas ganz anderes. »Was ist mit dem Maulwurf? Gibt es den Superhacker wirklich oder ist er bloß eine Erfindung von Gigaplex?«
»Selbstverständlich gibt es ihn.« Stiebinger blinzelte schelmisch. »Ich kenne das Eichhörnchen persönlich. Nur so viel will ich verraten: Es ist niemand von Gigaplex.«
»Warum ist der Superhacker dann nicht hier? Wir haben alle Rätsel gelöst. Das Spiel ist aus.«
»Nein, es ist nicht zu Ende«, widersprach Harald.
Erik sah seinen Bruder verwirrt an. »Sag mal, spinnst du? Was soll das heißen? Raus mit der Sprache!«
»Ganz einfach«, erklärte Harald. »Ich habe den Maulwurf entlarvt. Ich kenne seinen Namen seit Wochen. Damit das

Rätselspiel trotzdem weitergehen konnte, musste mir der Superhacker etwas versprechen: Der Maulwurf soll weiterhin versteckt bleiben und den Freaks das Leben schwer machen. Erinnere dich an den Fantasy-Roman, von dem ich dir erzählt habe. Nachdem die Guten alles Böse auf der Welt besiegt hatten, wurde ihr Leben öde. Am Ende flehten sie die Götter an, ihnen ihre alten Feinde zurückzugeben.«

»Ein weiser Entschluss«, lobte Markus Stiebinger.

»Erik, du machst ein Gesicht, als hättest du eine Zitrone ausgelutscht«, spottete Harald. »Sei lieber dankbar.«

»Dankbar? Du hinterlistiger Wurm! Alles war umsonst! Ich werde dich gleich …«

Harald lachte. »Friede, Bruder! Ist doch super – das Spiel kann neu beginnen. Dank meiner unendlichen Weisheit hast du noch einmal die Chance, den Maulwurf im ehrlichen Hackerkampf zu besiegen. – Halt, spinnst du?«

Er konnte das Gleichgewicht nicht halten. Erik stieß ihn über den Beckenrand, doch Harald riss seinen Bruder mit sich. Gleich darauf balgten sich die beiden johlend im Wasser. Lizzy sah ihnen neidvoll zu, bis sie nicht länger widerstehen konnte. Sie warf sich ins Kampfgetümmel und raufte mit ihren Freunden wie eine Wildkatze.

Bald darauf öffnete sich die Geheimtür zum Olymp. Rasend schnell hatte sich die Neuigkeit verbreitet. Nicht nur die Freaks erstürmten den versunkenen Berg, die Parkbesucher kamen von überall her.

Die Ersten, die aus der Liftkabine stiegen, waren Sonja, Christine und Daniel.

Während die beiden Mädchen erleichtert zu ihren Freunden liefen, wanderte Daniel staunend durch die Badehallen.

Plötzlich fasste ihn jemand mit kräftiger Hand und zog ihn mit sich. Daniel traute seinen Augen nicht. Vor ihm stand sein Freund aus dem Heim.

»Oliver, du?«

»Ja, ausnahmsweise haben sie mich reingelassen, obwohl ich eigentlich zu alt bin.«

»A-aber …«, stotterte Daniel, »wie hast du mich gefunden?«

»Ich habe jetzt eine eigene Wohnung«, erklärte Oliver stolz. »Ich arbeite. Ich verdiene mein eigenes Geld. Ein Freund von dir hat dafür gesorgt.«

»Ein Freund von mir?« Daniel erschrak. Ein großer, bärtiger Mann kam auf ihn zu. »Markus! Ich werd verrückt!« Er wollte zu seinem Paddlerfreund laufen, doch Oliver hielt ihn fest.

»Warte! Ich muss etwas Wichtiges klarstellen. Es geht um Dominik, diese Mistkröte. Du weißt, wen ich meine?«

»Wie könnte ich das je vergessen?«, murmelte Daniel bedrückt. »Ich denke dauernd an ihn. Kannst du dir vorstellen, wie man sich fühlt, wenn man einen Mord auf dem Gewissen hat?«

»Mord? I wo! Es war höchstens Notwehr. Und im Übrigen – er hat deinen Schlag überlebt.«

Daniel bekam den Mund nicht mehr zu. Er setzte sich fassungslos auf den Boden. »Soll das heißen, Dominik lebt?«

»Und ob«, knurrte Oliver. »Der Kerl war schneller wieder auf den Beinen, als mir lieb sein konnte. Schon am Tag darauf hat er mich ein zweites Mal verprügelt. Ich schätze, ich habe die Prügel verdient, denn der ganze Mist wäre nicht passiert, wenn ich nicht kopflos reagiert hätte. Ich war einfach in Panik. Ich hätte untersuchen müssen, ob Dominik noch lebt. Verzeih mir.«

Daniel nickte benommen.
»Gratuliere, Junge!« Markus Stiebinger klopfte Daniel auf die Schulter. »Du bist frei.«
»Frei«, wiederholte Daniel. »Was geschieht jetzt mit mir? Muss ich zurück ins Heim?«
»Eigentlich ja. Du musst zur Schule gehen, da hilft nichts.«
»Hm.«
»Ich habe gute Nachrichten!«, rief Christine. Sie hatte unbemerkt hinter Daniels Rücken gewartet. »Meine Eltern wollen dich adoptieren. Ich muss mir allerdings noch reiflich überlegen, ob ich dich als Bruder haben will.« Sie zwinkerte Daniel zu.
»Nun mal langsam, Mädchen«, mischte sich Stiebinger ein. »Eine Adoption ist kompliziert.«
»Aber ja doch«, meinte Christine ungeduldig, »meine Eltern schaukeln das schon, Herr Stiebinger.« Sie nahm Daniel an der Hand und zerrte ihn mit sich. »Ma und Pa sind schwer in Ordnung, mit denen kann man Pferde stehlen. Na, was ist? Willst du?«
Stiebinger sah den beiden nach, als sie sich zu der jubelnden Schar der Freaks gesellten.
Alle hatten sich um SSU Erik versammelt. Er hielt einen Zettel in der Hand und lachte ausgelassen. Der Zettel ging von Hand zu Hand; nach und nach begannen alle erleichtert zu lachen.

»Das Eichhörnchen an die Freaks:
Wie ihr es gewünscht habt, ist euer alter Gegenspieler, der Maulwurf, wieder auferstanden.
Ihr glaubt, ihr habt mit dem Mount Olympus auch das letzte und größte Geheimnis von Mystery entdeckt? Ihr Unwissenden! Ihr blinden Bodenhüpfer!

Nicht einmal einen Bruchteil der Spiele-Levels von Mystery habt ihr betreten.
Ich werde mich bald wieder melden. Dann geht es erst richtig los. Lasst euch von mir führen, und ihr werdet Dinge sehen, von denen ihr bisher nicht einmal zu träumen gewagt habt. Bis dorthin genießt eure Zeit im Mount Olympus.
Ich halte jetzt meinen Winterschlaf. Weckt mich im Frühling. Gute Nacht.«

»Gute Nacht, Eichhörnchen«, sagte Harald so leise, dass es niemand hören konnte. Nur ein einziges Mädchen verstand ihn, denn sie las die Worte von seinen Lippen ab.

GAME OVER

IHR KÖNNT JETZT DEN COMPUTER AUSSCHALTEN

OK   ABBRECHEN

Anhang 1

Die Gesetze von Mystery-Park

Kinder und Jugendliche, die Mystery-Park besuchen, verpflichten sich, sieben einfache Regeln zu befolgen:

Regel 1

Wer darf Regeln neu erfinden oder ändern?
Alle Parkbesucher können Vorschläge für neue Regeln machen, nicht nur die Freaks.
Jeder wird per Computer am Eingangstor um seine Meinung gefragt. Der Computer erläutert die neue Regel und fragt: »Bist du damit einverstanden?« Eure Antwort erfolgt über das »Ja«- oder »Nein«-Feld. Erst wenn mindestens dreihundert Kids eine neue Regel für gut befinden, tritt sie in Kraft.

Regel 2

Mystery soll ein freies und friedliches Land sein.
Der Park ist groß genug für alle und er gehört allen!
Sofern ihr euch an die Regeln haltet, darf euch in Mystery niemand etwas verbieten. Wer einen geheimen Ort, ein Ding oder ein anderes Geheimnis als Erster entdeckt, darf es benützen, als wäre es sein Eigentum.
Kein Parkbesucher darf beleidigt, gequält oder misshandelt werden.
Schlägertypen und Fieslinge sind hier unerwünscht. Die

Freaks sperren jedem, der sich brutal und fies verhält, die Eintrittskarte in den Park!
Die Parkpolizei »Phantom« beschützt alle Unschuldigen, die von anderen mies behandelt werden. (Ruft Phantom aber bitte nicht wegen Kleinigkeiten zu Hilfe!)

Regel 3

Streitereien in Mystery
(Diese Regel ist kompliziert. Lest sie notfalls zwei- oder dreimal durch. Wer sie dann noch nicht kapiert, soll am besten gar nicht streiten.)
Wenn euch persönliche Dinge gestohlen werden, so wendet euch an die Polizei. Für echte Verbrechen sind wir hier nicht zuständig. Oft kommt es aber vor, dass man sich darüber zankt, wer einen Gegenstand, einen Ort, oder ein Geheimnis als Erster gefunden hat und für sich nutzen darf. Wird euch ein solcher Ort oder Gegenstand gestohlen, dann hilft euch Phantom. Ihr müsst den Diebstahl aber beweisen können. Ist das nicht möglich, erhält keiner von beiden die Beute. Wenn ihr den Streit mit den Fäusten austragen wollt, wird euch niemand daran hindern. Der Mystery-Park ist ein Abenteuerland und kein Kindergarten. Eines wollen wir aber klarstellen: Wir Freaks finden Gewalt lähmend und überflüssig! In Mystery darf niemand zur Rauferei gezwungen werden. Wer sich prügeln will, muss bei Phantom nach einem Streit-Passwort fragen. Die Freaks gehen zu dem Gegner und sagen ihm das Wort. Der andere kann dieses Wort in den Computer eingeben und so die Herausforderung anneh-

men. (Er muss es aber nicht!) Phantom legt Ort und Zeit der Auseinandersetzung fest. Mindestens zwei Schiedsrichter achten darauf, dass ihr fair kämpft. Wer stiehlt oder ohne Passwort rauft, muss zwei Wochen lang im Verwaltungsgebäude Ost die Klos putzen. Das ist die Mindeststrafe. Besonders brutalen Typen wird die Eintrittskarte gesperrt.

Regel 4

Seid nett zueinander
Ist jemand in Not, dann helft ihm gefälligst! Und gebt auf die Knirpse Acht! Ihr wart schließlich alle einmal klein.

Regel 5

Feuer
Gegen ein Lagerfeuer ist nichts einzuwenden, sofern ihr es kontrollieren könnt. Ideal für eine Feuerstelle sind freie Plätze wie Sandflächen oder Kiesbänke.
Nur Idioten zündeln auf trockenen Grasflächen oder unter Büschen und Bäumen. Wenn es »brenzlig« wird, wendet euch eiligst an Techno oder Phantom!

Regel 6

Tiere
Jeder Besucher von Mystery darf innerhalb des Parks fischen und jagen. Handelt jedoch nicht leichtfertig, sondern überlegt gut, bevor ihr ein Tier tötet. Niemand kann

es wieder zum Leben erwecken. Wer Tiere quält, wer absichtlich Haustiere oder geschützte Arten tötet, ist ein abscheulicher Wurm. Er braucht sich im Park gar nicht mehr blicken zu lassen.

Regel 7

Umweltschutz
Dazu müssen wir hoffentlich nicht viel sagen. Versaut den Park nicht, sondern pflegt und behütet ihn, kapiert!?

Anhang 2

Anleitung für den Bau einer Weidenhütte

Weidenhütten sind etwas ganz Besonderes. Man kann sie nicht kaufen, sondern muss sie mit viel Liebe und Geduld anlegen. Eine solche Hütte ist lebendig, sie wächst und verändert sich, muss gepflegt, gegossen und geschnitten werden. Überleg es dir also gut, bevor du mit dem Pflanzen beginnst. Diese mühevolle Arbeit (und Freude) könnte dich ein Leben lang begleiten.
Stell dir einen riesigen geflochtenen Korb vor, in dem du aufrecht stehen kannst. Er trägt silbergrüne Blätter und sieht wie eine Höhle aus. Eine geschickt geflochtene Weidenhütte ist wind- und blickdicht. Ältere Weidenhütten können sogar beklettert werden.

Erster Schritt: **Planung**
Weiden sind zähe Pflanzen. Wenn sie regelmäßig gegossen werden, gedeihen sie fast überall. Sie wachsen sehr schnell. Ihre Zweige sind äußerst biegsam. Wenn wir diese Eigenschaften nutzen, dienen Weiden als ein ideales »Baumaterial« für lebende Mauern, Dächer und Klettergerüste.
Der Grundriss des Hauses ist variabel. Am besten wählst du aber einen Kreis mit einem Durchmesser von eineinhalb bis zwei Metern. Auf diesem Kreisumfang pflanzt du – wenn möglich im Oktober – mindestens sieben Weiden. Du kannst sie günstig in Gärtnereien oder Baumschulen kaufen. Besonders gut geeignet sind die Weißweide (Salix alba), Purpurweide (Salix purpurea) und Bruchweide (Salix fragilis).

Vergiss die Öffnung für den Eingang nicht! Die kleinen Weidensträucher müssen immer ausreichend gegossen werden. Warte bis zum darauf folgenden Sommer, bevor du den nächsten Schritt machst.

Zweiter Schritt: **Erste Formgebung**
Ungefähr ein halbes Jahr nach dem Pflanzen müssten die Triebe lang genug sein, um den Wänden eine erste Form zu geben. Nimm je einen Trieb (Zweig) von zwei benachbarten Weiden, biege sie zueinander und binde die Enden mit dicken, weichen Schnüren zusammen. Vorsicht: Knicke dabei die Triebe nicht ab und binde die Schnur nicht zu fest! Lasse in der Mitte eines jeden Weidenstrauches ein paar Triebe frei nach oben wachsen. Sie sollen später die Stützen für das Dach bilden. (Hast du auch wirklich an den Eingang gedacht?)

Dritter Schritt: **Verflechtung und Schnitt**
Es gibt keine genaue Regel, wann du mit den Verflechtungen beginnen kannst, denn jedes Weidenhaus ist einzigartig. Wenn du glaubst, dass die Triebe lang genug sind, verflechte sie vorsichtig miteinander, kreuzweise wie ein Gitter. Triebe, die annähernd waagrecht gebogen werden, bilden Seitentriebe, die nach oben wachsen – denn Pflanzen streben der Sonne entgegen. Sei nicht ungeduldig. Die Triebe wachsen zwar schnell, aber natürlich nicht über Nacht. Beobachte und pflege das wachsende Haus sorgfältig.
Verflechte die Zweige, während sie noch dünn und biegsam sind. Bricht ein Zweig – was sehr oft passiert – dann schneide ihn mit der Gartenschere ab. Unter jeder Schnittfläche bilden sich meist mehrere Seitenäste. Besonders geduldige

Gärtner schneiden sogar absichtlich große Zweige zurück. Wenn die Weiden geschnitten werden, wuchern sie im Jahr darauf umso dichter.
Übrigens, pass auf die Schnüre auf, mit denen du die ersten Triebe zusammengebunden hast. Bevor die Schnüre in die Rinde einwachsen, musst du sie entfernen. Nach einiger Zeit behält das Haus seine Form von ganz allein, sodass du keine Schnüre mehr brauchst.

Vierter Schritt: **Das Dach**
Nach zwei oder drei Jahren müssten die ersten Triebe so hoch sein, dass du sie diagonal zu einer Art Kreuzkuppel verbinden kannst. Mach es wie bei den Wänden: Verknote zuerst mit Schnüren, flechte dann fortwährend weiter. In diesem Stadium sieht das Haus schon sehr gut aus und du wirst bewundernde Blicke der Nachbarn ernten.

Fünfter Schritt: **Tipps für die weitere Gestaltung**
Von nun an gibt es keine festen Regeln mehr. Im Lauf der Jahre werden die Zweige dicker und die Verflechtungen immer dichter. Wenn du die Außenzweige einer Weide horizontal zum Nachbarstrauch ziehst, entsteht mit der Zeit eine Sprossenwand, die zum Klettern einlädt. In spätestens sieben bis zehn Jahren wird die Hütte jeden Jugendlichen – und sogar Erwachsene – spielend tragen.
Stimmt, das ist eine kleine Ewigkeit! Aber vielleicht hast du jüngere Geschwister, die dir für dieses einmalige Geschenk später dankbar sind. Du wirst sehen, den größten Spaß macht nicht die fertige Hütte, sondern die Arbeit daran.
Deiner Phantasie sind keine Grenzen gesetzt. Wie wäre es zum Beispiel mit Zwischenwänden, lebenden Zäunen oder

Verbindungstunnels aus Weidengeflecht? Hast du schon an ein zweites Stockwerk gedacht?
Und wer weiß, vielleicht wohnst du in der Nähe eines Flusses und kannst deine Freunde für eine Superidee gewinnen. Gemeinsam könnt ihr ein ganzes Weidendorf bauen, so wie Weidenstadt-Ostende, oder sogar euren eigenen Mystery-Park!

Anhang 3

Stichwortverzeichnis

(Alle Orte und Begriffe wurden frei für diese Erzählung erfunden.)

Aurora: Der nördliche Teil von Mystery-World. Jugendliche ab sechzehn Jahren müssen den Mystery-Park verlassen und dürfen nach Aurora gehen. Kids unter sechzehn haben nur Zutritt, wenn sie ein älterer Freund oder eine ältere Freundin begleitet.
Bärlappinsel: Einsame Insel im südlichsten Teil von Mystery. War einen Sommer lang das Versteck von Daniel dem Tapferen.
Biberkolonie: Südlichste Insel von Mystery. Dort leben seltene und streng geschützte Nagetiere.
Corsar: Winziges Eiland im westlichen Inselmeer. Eriks Lieblingsort.
Fort Solitude: Blockhütte im einsamen Au-Dschungel. Die Hütte wurde auf einer Insel im Seerosenteich erbaut. Geheimversteck von Sonja.
Freaks: Die Ordnungshüter von Mystery-Park. Dazu gehören die Jugendgruppen der »Super-User«, der »Technos« und der Parkpolizei »Phantom«.
Gigaplex: Größter Computerkonzern der Welt. Hat Mystery-World geplant und erbaut, verwaltet und betreut den Park.
Hai-Insel: Insel in Aurora. Spielte bei der Rätseljagd des Datenmaulwurfs eine Rolle.
Hängende Gärten: Acht riesige Eichen, auf denen viele

kleine Baumhütten mit Leitern und kleinen Hängebrücken untereinander verbunden wurden. Nach einem Unfall während der Bauzeit wurden die hängenden Gärten von Gigaplex mit einer Level-3-Sperre abgesichert. Nur die Superhackerin Sonja konnte diese Sperre durchdringen. Die hängenden Gärten bleiben weiterhin für alle Parkbesucher gesperrt. Grund: Lebensgefahr!

Himmelsstadt: Anderer Name für die hängenden Gärten.

Inselmeer: Achtundvierzig künstlich erbaute Mini-Inseln im Stausee von Mystery-Park. Die Eilande sind dicht mit Pflanzen überwuchert, sodass sie wie natürlich gewachsene Inseln aussehen. Ein Teil dieser Inseln ist an das Mystery-U-Bahn-Netz angeschlossen.

Karlos Schande: War ehemals eine schwimmende Insel. Bei der Rätseljagd des Datenmaulwurfs wurde sie von den Freaks nach Mikromerika geschleppt und dient dort als Heißwasser-Whirlpool.

Mikromerika: Die größte Insel im Mystery-Park. Mikromerika ist über sieben Kilometer lang und wurde genau dem amerikanischen Kontinent nachgebaut.

Mount Olympus: Unterirdisches Vergnügungszentrum mit Hallenbad. Ist nur während der Wintermonate für Besucher geöffnet. Die Freaks wurden erst durch die Rätseljagd des Datenmaulwurfs dorthin geführt.

Mystery-World: Größter, teuerster und modernster Freizeitpark der Welt. Über dreihundert Quadratkilometer groß. Eine perfekte Verbindung aus wilder Natur und Supertechnik. Eintritt für Erwachsene verboten!

Ostende: Uferbereich in der Nähe des Haupteingangs von Mystery-Park. Dort trifft man die meisten Parkbesucher. Auch das Hauptquartier der Freaks befindet sich in Ostende.

Panama: Schmale Sandbank zwischen Nord- und Südmikromerika.

Parkgesetze: Siehe Anhang 1: Die Gesetze von Mystery-Park.

Pentagon: Haralds Lieblingsplatz im Inselmeer.

Phantom: Eine Untergruppe der Freaks, auch Parkpolizei genannt. Diese Mädchen und Jungen greifen ein, wenn jemand die Gesetze des Parks bricht. Chiefs von Phantom: Kevin = Schweindl. Später Mario = Ziegenfreak.

Spitznamen: Jeder Besucher Mysterys bekommt irgendwann einen Spitznamen. Zum Beispiel: Harald der Schreckliche, Lizzy = Wildkatze.

Super-User: So heißen die Hackerkönige von Mystery: Sonja das Eichhörnchen (Datenmaulwurf), Harald der Schreckliche, Erik der Rote, Lizzy = Wildkatze.

Technos: Eine Gruppe der Freaks. Mysterys jugendliche Techniker, die alle technischen Apparaturen reparieren und warten. Die Technos sind außerdem die Feuerwehr des Parks. Ihr Chief Karl wird Karlo gerufen.

Weidenfluss: Fluss, der den Stausee von Mystery speist.

Weidenhütten: Geflochtene, bienenkorbartige Hütten aus Weidensträuchern.

Westende: Ufer am Westeingang von Mystery-Park. Eine verlassene Gegend, weil es dort keine Stadt in der Nähe gibt.

Ziegeninsel: Kleine Insel südlich von Mikromerika mit wilden Zwergziegen. Die Insel ist der Lieblingsplatz von Phantomchief Mario, Ziegenfreak.